Minstagram

Shiotaiou no Sato san ga
Ore ni dake Amai.2

♥いいね！

塩対応の佐藤さんが俺にだけ甘い２
#著／猿渡かざみ　#イラスト／Aちき

須藤凛香
三園　蓮
根津麻世
三園　雫
押尾颯太

花波おばあちゃん
村崎円花
佐藤こはる

OSHIO SOUTA
♥いいね
＃緑川ソフト　＃緑川市　＃ツーショット
＃友達
＃はっちゃけ佐藤さんかわいい

Minstagram

OSHIO SOUTA

いいね
#海　#緑川市　#水着が見えない
#フジツボ
#むくれてる佐藤さんかわいい

「……まず、動物を撮る時は視線の高さを合わせて」
「――ひやっ!?」

「きゅ、急にどうしたのっ……!?」
「だ、だってみみっ、耳元で、
押尾君の声がぁっ……」

contents

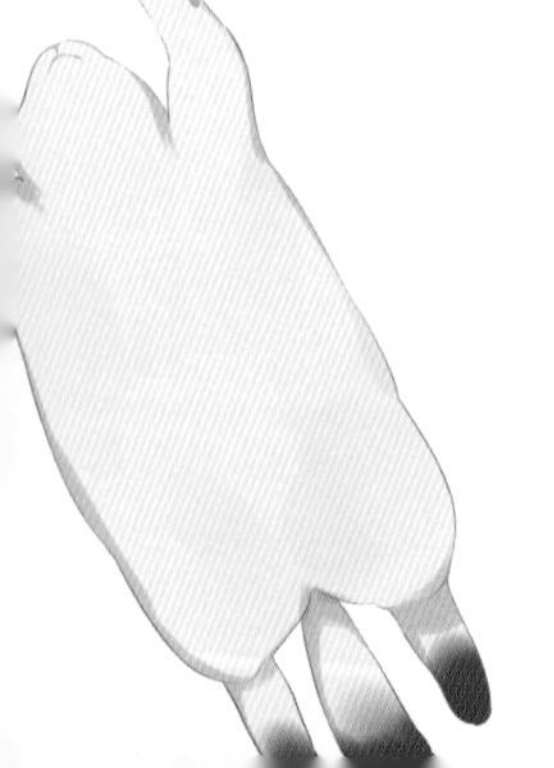

2
猿渡かざみ
Kazami Sawatari
イラスト／Aちき
Aiiki

押尾 颯太
【おしお　そうた】
高校二年生。実家である「cafe tutuji」の店員。

佐藤 こはる
【さとう　こはる】
高校二年生。
通称"塩対応の佐藤さん"

三園 蓮
【みその　れん】
高校二年生。
颯太の親友。

須藤 凛香
【すどう　りんか】
中学三年生。
こはるの従姉妹。

三園 雫
【みその　しずく】
蓮の姉。
古着屋「MOON」の店員。

根津 麻世
【ねづ　まよ】
雫の友人。
雑貨屋「hidamari」の店員。

押尾 清左衛門
【おしお　せいざえもん】
颯太の父。
「cafe tutuji」の店主。

村崎円花
【むらさき　まどか】
高校二年生。
緑川に住むヤンキー風の少女。

c h a r a c t e r s

プロローグ　彼女、なんだよな

♠

桜庭市の隣町、青海町はかつての城下町だったという。

青海城自体は遥か昔、落雷によって焼失してしまったそうだが、城下の町並みは未だ当時の面影を色濃く残しており、観光スポットとして名高い。

――七月も下旬だ。

酷暑もいよいよ極まり、むせ返るような熱気に大通りを歩く着物姿のカップルたちは、もはやデートを楽しむ余裕などないように見えた。

そんなメインストリートからは少し外れて、入り組んだ小路を抜けた先に、知る人ぞ知るミンスタ映え必至の名店が存在する。

浮雲堂。昨年できたばかりのかき氷専門店である。

「お待たせいたしました、紫陽花氷です」

空調のよく効いた静かな店内で二人して溶けていると、笑顔の素敵な女性の店員さんが注文の品を、それぞれ一つずつ運んできた。

俺も佐藤さんも、すでにミンスタでソレを見ているにもかかわらず、お互いにほう、と溜息を漏らしてしまう。

――それはまさしく紫陽花のように、鮮やかな紫色に染まったかき氷であった。

「(お、押尾君押尾君っ！　す、すごいよ！　かき氷が紫色だよっ！　こ、これあれじゃない⁉　〝ゆめかわいい〟ってやつじゃない⁉)」

なんでひそひそ声なのかは分からないが、佐藤さんも大変お気に召したご様子。

そわそわと落ち着きなく、整った顔を驚きやら喜びやら期待感やらでめまぐるしく変化させていた。そんな彼女を見て、店員さんはくすりと笑う。

「――バタフライピーという特殊なハーブティーで着色しています。こちらのレモンソースをかけると色が変わりますよ」

「色が変わる？」

「ええ、バタフライピーの成分がレモンの酸性と反応して……いえ、難しい話はやめましょうか。彼女さん、待ちきれないみたいですし」

彼女さん？

耳慣れない響きに首を傾げつつ、くすくす笑う店員さんの視線を追ってみると、その先にはまるで子どもみたいにかき氷を見つめる佐藤さんの姿があって――

俺はここでようやく言葉の意味を理解した。

「……そっか、彼女、なんだよな」

「?」

「い、いえ、なんでもありません」

「……そうですか？　ではごゆっくりどうぞ」

店員さんは、訝りながらも軽く会釈をして、店の奥へと引っ込んでいった。

その背中を見送ったのち、俺はほのかに赤らんだ顔が佐藤さんに見られていないかと様子を窺ったが……いらぬ心配だったらしい。佐藤さんはかき氷を前に、黒目がちの瞳をきらきらと輝かせている。

濡れたように艶やかな黒髪、長い睫毛、つんと尖った鼻先に、柔らかそうな唇。

彼女、カノジョ……未だに信じられない。

目の前の彼女――佐藤こはるが俺の恋人だなんて。

「……佐藤さん、そのへんにしておかないと氷、溶けちゃうよ」

「あっ！　そ、そっか、そうだよね！　あはは！　じゃあ、いただきま～～……」

照れ臭そうにスプーンを手に取り、かき氷へ突き立てようとする佐藤さん。しかし……

「あっ!?　ちょっ、佐藤さん！」

俺はすかさずテーブルから身を乗り出して、彼女の手を握った。間一髪、スプーンはかき氷に達していない。

「あ、危なかった……」

ふう、と安堵の溜息を吐き出す。

危うく、なんのために電車に乗ってまで隣町に来たのか分からなくなるところだった……

「佐藤さん、まだかき氷の写真撮ってないでしょ……ミンスタ用の、写、し、ん……？」

言っている途中で異変に気付いた。僅かに俯いた彼女の顔が見る見るうちに紅潮していって、佐藤さんはそれこそ今にも消え入りそうな声でぼそりと一言。

「……て……」

「うん？」

「てが……」

テガ？

謎の単語に眉をひそめていると、やがて俯いた佐藤さんの視線がある一点へと注がれていることに気付く。

不思議に思いながら彼女の視線を辿ってみると、俺の伸ばした手が、佐藤さんのスプーンを握る手に重ねられていて……

「あっ、うわっ!?　ご、ごめん！」

俺は咄嗟に飛び退いて、巻き戻し映像みたいに着席した。

一方で佐藤さんは一時停止でもかけられたみたいにぴったり固まっている。

ただし、顔の紅さは現在進行形で佐藤さんの自己ベストを更新中。もう少ししたらヤカンみたく耳の穴からしゅんしゅんと蒸気でも噴き出しそうな勢いである。

以前からなにかと赤面しやすい彼女ではあったが、それでもここまでじゃなかったはずだ。俺は恥ずかしさのあまり、佐藤さんから目を逸らしてしまった。

「……っ」

こちらのレモンソースをかけると色が変わりますよ。店員さんの言葉が脳裏をよぎる。不思議なこともあるものだと思ったが、こっちの方がよっぽど不思議だ。

ただ皮膚と皮膚が触れただけ……なのに彼女の顔は今、いちご味のかき氷にも負けないぐらい真っ赤に染まっている。

バタフライピーは酸性に反応して色を変えるらしいが、じゃあ彼女は一体なんの成分に反応しているんだろう。

そんなの分かり切っている、それは――

「――わ、私っ、レモンかけるねっ⁉」

気まずさに耐えかねて佐藤さんが言う。その声は裏返っていた。

「れ、レモンかけるね、って！　アハハ！　なんか唐揚げみたいだね！　面白いねっ⁉」

全然面白くない。

けど、それはなんだか助けを求めるような声にも聞こえたので「お、面白いね」と応えて引きつった笑みを浮かべた。なんだか泣きたくなってくる。

「じゃ、じゃあ俺はそれを動画で撮るから！」

「あ、あはは、ちゃんと撮っててね～？　わ、私が今からこのかき氷に魔法をかけちゃうから！」

佐藤さんらしからぬお茶目な口調だったが、ちょっと可哀想になるぐらい語尾が震えていた。テンパりすぎて自分でも何を言っているのか分からなくなっているらしい。

とてもじゃないがこの空気には耐えられない！　さっさと動画を撮ってしまわなくては！

「じゃ、じゃあいくよ～！」

おかしな方向にテンションの振り切れてしまった佐藤さんが、紫色の雪山の頂上へ、ゆっくりとレモンソースを垂らしていく。

俺は慌てて動画の撮影を開始して、スマホのディスプレイ越しにその光景を見る。

「おお……！」

「わあ……！」

――それはまさしく、魔法であった。

レモンソースが雪山に小さな穴をあけ、そこを中心として、かき氷の紫色が見る見るうちに淡いピンク色へと変わっていくではないか。

この幻想的な光景には、俺も佐藤さんも、思わず我を忘れて見惚れてしまったほどだ。

「すごい……」

だが、それがよくなかったのかもしれない。

小さな器にこんもり盛られた細氷の山はじわりじわりと溶け、そして――ぼろりと崩れた。

「あっ⁉」

「あぶなっ！」

俺はすかさずテーブルから身を乗り出し、今にも崩れ落ちようとする氷の塊を、スプーンで見事にキャッチした。

「セーフ……」

間一髪。内心で自らの反射神経をたたえつつ、顔を上げる。

――伸びたスプーンの先端が、顔を真っ赤にしてぶるぶる震える佐藤さんの眼前に突き出されていた。

どこからどう見ても「あーんの構え」であった。

「あっ……」

瞬間、思考が巡る。

多少無理やりでもスプーンを引っ込めるべきか？　それともこのままさりげなくあーん？　いやこれキモくないか？

元の場所に崩れた氷を戻す？　不自然だ、ヘタレ。それとも冗談っぽく誤魔化して俺が食べる？　いやいやいやそれこそ自意識過剰っぽくてキモくないか？

いけ！　もういけ！　迷ってる時間がすでに童貞臭い！

――この間僅か０・０１秒。

「さ、佐藤さん、あーん……」

言ってから即座に舌を噛み切りたくなるほどの後悔と羞恥が押し寄せてきたが……時すでに遅し。

「あ、あーん……」

佐藤さんが一度驚いたように目を見開いたのち、震える唇をゆっくりと開いた。

もう後戻りはできない。俺はおそるおそる彼女の口内へスプーンを差し入れると、きわめて慎重に、氷の塊を彼女の舌の上に落とし、ゆっくりとスプーンを引き抜く。

いったい、なんの儀式だ。

「お、美味しい？　佐藤さん……」

佐藤さんは実にぎこちなく口を閉じて、もむもむと口を何度か動かしたのち……

「す……」

「す？」

佐藤さんは、きゅっと唇をすぼめて、一言。

「すっぱいよ押尾君……」

「――そりゃあ、シロップは別添えですからね」

後ろから声が聞こえたので振り返ってみると、さっきの店員さんが優しげに微笑みながら佇んでいた。

「はい、こちらのシロップ、もしくは練乳をお好みでどうぞ。では、改めましてごゆっくり」

何種類かのシロップをテーブルに並べるなり、くすくす笑いながら再び店の奥へと引っ込んでいく店員さん。

俺と佐藤さんはお互いに、かき氷の半分近くがただの色水になるまで顔を上げることができなかった。

もちろん、恥ずかしさで。

一枚目　恋愛相談

♠

「で？」

かき氷デート翌日のこと。

放課後〝cafe tutuji〟の閉店後に、テラス席の一つでデートの結果について報告すると、俺の親友——三園蓮（みそのれん）はつまらなそうに頬杖（ほおづえ）をつきながら言った。

「で？　って……なんだよその反応」

「それからどうしたって聞いてるんだよ」

「それから？　電車に乗って、普通に桜庭（さくらば）駅で解散したけど……」

「童貞こっわ……」

自らの肩を抱いて、わざとらしくぶるりと震える蓮。

もうキモイとかそういう次元ですらないんだな、恐怖の対象なんだな、俺の童貞は。

「本当に、本当にそれで終わりか？　実は冗談なんだろ？　姉ちゃんと麻世（まよ）さんに聞かれるのが恥ずかしいんだったら俺の胸だけにしまっといてやるからよ、ほら言ってみ？」

そう言って、こちらへ耳を寄せてくる蓮。

ちらと横に目をやれば、隣のテーブルでパンケーキをつつく二人の女子大生の姿があった。

一人は三園雫(しずく)さん。古着屋〝MOON〟の店員であり、蓮のお姉さんだ。そしてもう一方の大人の雰囲気漂う女性は雫さんの親友であり、雑貨屋〝hidamari〟の店員の根津(ねづ)麻世さんという。

以前、ひょんなことで知り合ってからというもの、ウチのカフェに通うようになったアパレル女子大生コンビだが……

「やぁやぁ、ここのパンケーキはいつ食べても美味(おい)しいねぇ麻世」

「そうね、雫」

二人はいかにも和気あいあいとそんな言葉を交わしているが、白々しい。こちらの会話に聞き耳を立てているのは一目瞭然(いちもくりょうぜん)だ。

「いや、だからそういうのじゃなくて！」

俺は慌てて蓮から距離を取り、弁解する。

「本当に、かき氷食べに行っただけなんだよ！」

「いや怖い怖い怖い、マジで意味わからん」

「むぐ……私が思うにねぇ」

「姉ちゃんは黙ってろ」

「なんでさ！　私も恋愛アドバイスしたい！」

「上手くいった試しなんかねえじゃねえか」

「麻世ぉ～弟がいじめるんだけど～」

「私たちもう大学生なんだから、雫もあんまり高校生の恋愛に口出しちゃ駄目よ」

「……えっ、それ麻世が言うの？」

「とにかく、颯太！」

　蓮が声を張り上げ、俺の肩を掴む。その表情は珍しく真剣だ。

「もう少し自覚しろ！　自分がヤバいってこと！」

「や、ヤバいってなんだよ？　普通にかき氷食べて帰って、そんなにおかしいか？」

「なんで帰るんだよ！　あのへんバリバリのデートスポットだろ⁉　回れよ！　デート続行しろよ！　初デートでチューしろとまでは言わねえけど、手ェ繋ぐぐらいしろ！」

「ちゅーってお前……！」

　今日び〝チュー〟という単語にたじろぐなんて、小学生でもないだろう。でも、どうしたって佐藤さんの顔を思い浮かべると、そうなってしまうのだ。

　そんな俺の様子を見て、雫さんはこそこそと麻世さんへ耳打ちをする。

「……私が思うにさ、ソータ君、こーいう場所でバイトして、なまじ女子とのコミュニケーションに慣れちゃってた分、ここからが一番難しいところなんじゃ……」

「あー、なるほどねえ……」

丸聞こえだった。

……本当は、分かっている。今回ばかりは俺がおかしなことを言っている、そういう自覚はある。

でも、これだけは言わせてほしい！

「しょうがないだろ!?　佐藤さんが可愛すぎるんだから！」

「うわっ、コイツとうとう開き直ってノロケ始めやがった」

蓮が虫でも見るような目をこちらに向けてきたが、怯まない。俺は更に語気を強める。

「そりゃあ俺も男だから、好きな女の子とカップルっぽいことしたい気持ちはあるけどさ……！

現状これでもいっぱいいっぱいなんだよ！」

「おー――い、その好きな女の子とツーショット撮ってたのはどこのどいつだ？」

「あの時は佐藤さんが俺のことを好きだなんて夢にも思ってなかったし、要するに……！」

そこまで言ってから、自分がいかに恥ずかしいことを口走っているか自覚し、テーブルに突っ伏した。そして三人の突き刺さるような視線を浴びながら、ぼそりと一言。

「……付き合ってからマトモに目も合わせられない」

もっと言えば、佐藤さんが俺に想いを寄せてくれているのだと分かってからというもの、完全に、方向性を見失ってしまったのだ。

「……蓮は、こういう時どうしてた？」

「知らん、初恋なんてとっくに忘れた」

助けを求めるように蓮にアドバイスを求めてみたのだが、ばっさりと切り捨てられてしまう。

今ばかりは親友が憎く、同時に羨ましい。

「俺は今まで女の子と付き合ったこともないから、蓮みたいに上手くやれる自信はないし、やり方も分からない。それでも……都合が良すぎるっていうのは分かってるんだけど……」

恥の上塗りは承知の上、俺は意を決して、その言葉を口にする。

「……佐藤さんには、カッコ悪いところを見せたくない」

「だったら」

おもむろに麻世さんが口を開き、俺が顔を上げる。彼女はその女神みたいな微笑みを俺に向けながら、言った。

「凛香ちゃんが参考になりそうなものを持ってるわよ、勉強、させてもらったら？」

◆

――市立桜庭東中学校二年、須藤凛香。

クラスメイトと比べてやや（あくまでもやや！）低めの身長が悩みのタネだけど、運動はそれなりに得意なので、所属する女子バスケ部ではそこそこ活躍できている。

勉強だってさほど苦手じゃないし、友達だって多い。

いろんな歯車が上手く嚙み合っている感じはする。

……今はまだ。

「――なにそれガキくさ、そんな男、別れちゃえばいいじゃん」

時刻は20時を少し回ったところ。

パジャマ姿でベッドに寝そべったあたしは、顎と肩で挟んだスマートフォンに向かって、吐き捨てるように言った。

『で、でもさぁ、リンちゃん……』

電話の向こうの彼女はもごもごと、歯切れの悪い口調で続ける。

『向こうも、やっぱり私が、その、初めての彼女なわけだし……色々、その、間違えることもあると思うんだ、多分……』

「はぁ……」

自分から相談を持ち掛けてきた割りに、煮え切らない態度だ。

――ちなみに、電話の向こうで今にも泣きそうな声をあげている彼女はあたしのクラスメイトで、最近高校生の彼氏ができたんだとか。

ただその彼氏クンは中学生に告白するというアクティブさを持ち合わせていながら、それ以外はてんで駄目らしく、二人の仲はあまりうまくいっていないご様子。

なので今、あたしはその恋愛相談を受けている最中、というわけだ。

しかし、彼女とこの手の話をするのは初めてのはずなのに、デジャヴを感じるのはなんでだろうか？　などと不思議に思って、すぐにその原因に思い至った。

……そうだ、このうじうじした感じは、こはるによく似ている。

だからあたしの口調もこんなに強くなってしまうのかと、嫌な気付きを得てしまった。

「……ぶっちゃけ、サコちゃんが何したいのかよく分かんない」

『う……』

サコちゃんが苦しそうに呻いた。

この議論が、もうずっと前から堂々巡りだったことに、彼女自身も気付いていたんだと思う。

「慰めてほしいんなら慰めるし、悩んでるなら聞いてあげられるけど、サコちゃん自身がよく分かってない話を聞かされても、あたしもどう反応すればいいのか分かんないからさ」

『……』

「友達と美味しいお菓子を食べたり、一人で好きな音楽聴いてみたり……一旦全部忘れてみて、それからもう一回思い出した時に自分がしたいと思ったことが多分、正解だと思う。そしたらまた相談に乗るよ」

ひとしきり言い終えると、耳に押し当てたスマホはもはや熱いと感じるぐらい熱を持っていた。あたしはそれを耳に押し当てながら、彼女の言葉を根気強く待つ。

サコちゃんは、たっぷりの間を空けて――

『……リンちゃんは大人だなぁ、すっごく参考になった』

これまた、いかにも〝こはるっぽい〟反応が返ってきたので、あたしは苦笑混じりに「どーも」と答えた。

『うん……うん！　ありがとうリンちゃん！　なんかやれそうな気がしてきた！　一旦、落ち着いて考えてみるよ！』

「それがいいよ」

『ホント色々ありがとう！　やっぱりリンちゃんは頼りになるよ！』

今度何か奢るね！　と、まるでもうすでに全ての問題が解決してしまったかのような、晴れやかな声を最後に通話が切れる。

画面を見てみると〝通話時間　34：51〟の表記。

「あたしも大概、面倒見いいな……」

自嘲混じりに言って、さっきの自分の台詞を思い出した。

一旦全部忘れてみて、それからもう一回思い出した時に自分がしたいと思ったことが多分、正解だと思う……

ここまでくると、いっそ笑える。それっぽいことを言っているように聞こえるけど、実際のところは何も言っていない。

でも、多分それでいいんだ。

恋愛なんて結局、皆が勝手に悩んで、勝手に解決していくだけ。

だから恋愛相談なんてのはいい具合にささっと切り上げて、あたしはあたしで、趣味の時間を楽しむんだ。

「さて、と」

満を持して、あたしは勉強机の上に置いておいたポータブルDVDプレイヤー（お母さんから譲ってもらったもの）を起動する。もちろん、ヘッドフォン（これも母のおさがり）も忘れない。

しゅるしゅると音が鳴って、DVDの読み込みが完了し、小さな画面に映像が映し出される。それは某有名少女マンガを原作にした、映画作品だ。

「はぁ〜〜〜っ……」

まだ始まってもいないのに、つい胸を満たす幸福感を溜息（ためいき）に乗せて吐き出してしまった。

ようやく、ようやく見られる。

この前の〝金曜シネマ〟で放送していたものを家族に隠れてこっそり録画し、DVDにダビングしたまではいいが、なにぶん期末テストがあったせいで、なかなか時間が作れなかったのだ。

それが今日、ようやく……！　思わず頬（ほお）も緩んでしまう。

そう、あたしの趣味は恋愛ドラマ・映画・マンガの鑑賞だ。

といっても、その……エッチなシーンのある、いわゆる大人向けなヤツはあまり好まない。いや、見ないわけではないんだけど、あたしが好きなのは、もっとこう……いかにも〝アオハル〟って感じの、いってキスまでって感じの……

要するにミーハーなんだ！　悪いか！

……なんて実際には言えないので、皆には隠れてこっそり見ているわけだが。

こんなにもロマンチックでファンタジックで子どもっぽい恋愛ものを好んで鑑賞し、あまつさえ期待のあまりベッドの上で足をぱたぱたやっているなんて、あたしのコケンに関わる。

とはいえ……

「……こんな恋愛してみたいなぁ」

ひと昔前に流行（はや）った俳優（はいゆう）がひと昔前に流行った女優と、運命的な出会いを果たすシーンで、あたしはほうと溜息を吐（つ）きながら独り言（ひとりごと）ちた。

簡単に説明してしまえば、電車の中で痴漢に遭っていた女優をイケメン俳優が助け、恋に落ちる――というベタといえばベタすぎる展開なわけであるが、それがいいのだ。

そういうファンタジーな恋愛が、キュンキュンくるんではないか。

『あの時は、助けてくれてありがとうございます』

『……君だったから助けたんだけどな。俺は君を特別だと思ってるから、助けた』

「あぁ～～っ……！」

耳元から聞こえてくるキザったらしい台詞に、あたしは枕を抱きしめながら一人悶える。

サコちゃんも、さっきまであれだけ偉そうなことを語っていたあたしが、今こんな有様だなんて夢にも思っていないだろう。

好きなんだからしようがない、好きなんだからしようがない。

そしてもう一つ、あたしには絶対に人に見せられない癖がある。

それは……もう分かってもらえたと思うが、こういった作品を鑑賞している際のあたしは、どうしたって無意識のうちに独り言が多くなってしまうことだ。

あたしは「はぁあっ……」と人には聞かせられないような甲高い声で鳴いたのち、枕に顔をうずめる。そしてぼそりと、

「……押尾さん……」

言ってから、ぴたりと動きを止めた。

あたしだけでなく、世界そのものまで動きを止めてしまったのかと思えるほど完全な静止。

きゅるきゅるとDVDが回転し、映画だけが淡々と進行していく。

『嬉しい……。私も由良君のことが……』

……いや。

『由良君のおかげで、私、自分の気持ちに気付けた……』

いやいやいやいや。

「――いやいやいやいやいやいやいやっ⁉」

とうとう声に出てしまった。

こういう時のあたしの独り言はほとんど鳴き声のようなもので意味なんかないのだが、今のは看過できない！

「えっ⁉　あたし、今なんて……⁉」

慌てて口元を押さえるが、もう遅い。

どういうわけかあたしは、恋愛映画を楽しんでいる最中に彼の名前を呼んでしまった。

押尾さん、押尾颯太、高校二年生。

よりにもよってこはるのカレシの名前を――

「違う、違うから！」

ＤＶＤプレイヤーに向かって否定しても、返ってくるのはどうしようもなく甘ったるい台詞だけだ。

でも本当に違う！　違うんだ、今のは違う！

いや自分でも何が違うのかは分からないけれど！

とにかく、とにかく……！

「ファンタジーでロマンチックなのは、フィクションの中だけで十分なのっ……！」

あたしは自分を戒めるように言って、ぎりぎりと歯軋りをした。

そうしないと、自分を保てないような気がしたのだ。

押尾颯太……彼との出会いは未だ鮮明に思い出せる。

車に轢かれそうになったあたしを、自分の身を挺して助けてくれた。

その時、あたしは間違いなく彼に対して胸のときめきを感じた、これは認めよう。

……考えてみればこれは「痴漢が云々～」というより遥かにベッタベタな気もするけれど、そこはもう認めざるを得ない。

でも、彼の目にはその時すでに佐藤こはるしか映っていなくて、佐藤こはるもまた同様で、両想いというやつで、あたしが付け入る隙なんてとっくになくて、でも……！

だんだん感情がぐじゃぐじゃになってくる。思いのたけ暴れまくりたい気分だ。

あ、というか映画見逃してた⁉　今どのへん⁉

——なんて、一人でわちゃわちゃしていたら、ふいに枕元に置いておいたスマホが振動して、どきん！　と心臓が跳ねた。

「え……⁉」

嘘、まさか……え、もしかして……⁉

別に期待しているわけではない、わけではない……が、あたしは弾かれたようにスマホへ飛びついて、通知画面を開き——

〝佐藤こはる　からメッセージがあります〟

〝凛香（りんか）ちゃん！　夜分遅くにごめん！　恋愛相談に乗ってください！〟

〝（土下座をするポメラニアンのスタンプ）〟

「……」

一瞬本気で「三日ぐらい既読スルーを決め込んでやろうかな」と考えたが、それはしなかった。

あたしも大概、面倒見がいい……でもやっぱりちょっとムカついた。

「……ったく、何が悲しくて、こはると押尾さんのノロケを聞かされなきゃいけないの……明日直接いじめてやろっと」

至福の時間に水を差した罰だ。ちょうど、昨日買ったばかりのおあつらえ向きのスタンプがある。

めちゃくちゃいかつい土佐犬が怒り顔で「明日直接来い」と吠（ほ）えているスタンプだ。

自分で言っていて訳が分からないが、とにかくそういうスタンプがある。これを送りつけて、あとは未読スルーしてやろう。一晩中どぎまぎするといい。

そう思って、通知欄からＭＩＮＥ（マイン）のトークルームへジャンプしようと人差し指を近づけた――その時である。あたしの指の下に新たな、新着のメッセージ通知が割り込んできた。

「えっ？」

と思った時にはもうすでに、指は画面をタップし、ＭＩＮＥアプリは立ち上がり始めていて。

呆然とするあたしの視線の先で、こはるのものではない別のトークルームが開かれた。

——押尾さんのトークルームである。

「はっ……？」

頭が真っ白になる、とはまさにこのことか。あたしは状況を把握するのに相当な時間を要した。

とにもかくにも、トークルームには以下のようなメッセージ。

〝夜遅くにごめん、突然だけどちょっと聞きたいことがあって、今大丈夫かな？〟

ヘッドフォンから、俳優の声。

『キスしよう』

いや、気が早すぎるでしょ、流れ考えてよ——

なんてリアルとフィクションさえも区別できていない感想が頭に浮かんだところで、ふと、完全に固まっていた思考が氷解し始める。

あれ、いや、待って、これ押尾さんには既読通知がすでにいっているわけで、あたし、押尾さんのメッセージをノータイムで開くような女だと——

びりびりと頭の底の方に電流が走り始めた、その時。

なんの前触れもなく、がちゃりと音を立てて部屋のドアが開いて——

「——ねえ凛香ぁ～、アタシのヘアバンド知ら……」

「ぎゃあああああああああああああああっ！！？」

「おああああああああああああああああっ！！？」

　絶叫、大絶叫である。

　そして、この訳が分からなくなるぐらいのパニックの中で、あたしの手元から「ぽこん」と間抜けな音があがる。

　我に返り、弾かれたようにディスプレイへ目をやると、押尾さんのメッセージの下で、「明日直接来い」と吠える土佐犬の姿が……

「────っ」

　今度こそ、完璧に頭の中が真っ白になった。

　そして全ての元凶は、憎たらしいぐらい呑気に「あーびっくりした……」なんて言いながら、その無駄に大きな胸をさすって……

「あっ、ご、ゴメン、もしかしてなんかエロいの見てた？　で、でもアタシそういうの理解ある方だからぶっ!?」

　全部言い終える前に元凶──もといクソボケ姉貴の顔面に渾身の枕をお見舞いしてやった。

──須藤凛香、15歳。

ただ今人生最大のピンチを迎えております。

「どっ、どどうぞ、適当に、そのっ、座っちゃってください……！」

こはるみたいなキモイキョドり方をしてしまった。

背中からじわじわと変な汗が滲んでくるし、両手は固く結んでいないと滅茶苦茶に暴れ出しそうで、勢いよく泳ぎ出した黒目はそのまま太平洋さえ横断しかねない勢いだ。

気持ち悪い、恥ずかしい、でも仕方がない。

だって、今、あたしの部屋には……

「ありがとう凛香ちゃん。じゃあ、あの、お言葉に甘えて……」

いかにも柔らかそうな髪の毛がふわりと沈んで、彼は白いラグの上に腰を下ろした。

そして彼が足を組みかえる仕草を見下ろして「……押尾さんやっぱり足、長いな……」なんて考え……いや、あたしは一体いつまでこうして突っ立っているんだ。

ぱしんと自らの頬を張る。

しっかり！　こんな異常事態だからこそ、気をしっかり持て！

——そう、これはまごうことなき異常事態であった。

何故か今、あたしの部屋に押尾颯太さんが訪ねてきている。

しかも一人で。つまり二人きり、どういうこと？

いや、原因なんてわかり切っている、昨日のＭＩＮＥだ。

あのクソボケ姉貴のせいでパニクって押尾さんに土佐犬スタンプを送りつけてしまったあ

たしは、なんとか自分の失敗を誤魔化すために色々と言葉を並べ立てていくうち、気付けば
「だって電話とかMINEで話すのたるくないですか？　明日の放課後、直接あたしの家で話しましょうよ。あたしは別に男子を自分の部屋に入れること、気にしたりしませんけどね、押尾さんはそういうの気にするタイプなんです？」

みたいな。

いや、実際には言ってないんだけど、おおむねこんな感じの発言をしてしまった。あとから考えてみると、ほとんど挑発である。

ひとえにあたしのプライドが招いた、絶体絶命の窮地である！

なにが気にしませんけどね、だ。そもそも男子を部屋に入れるのが初めてだろ。

ちなみにあの後、こはるには腹いせにめちゃくちゃいかついシベリアン・ハスキーのスタンプを一〇〇個以上送り付け、ついでにミュートにしてやった。

——とはいえ、この状況は改めてマズイ。

押尾さんがあたしの部屋に入ってきてからまだ一〇秒も経っていないというのに、すでに訳が分からなくなりかけていると、彼はあたしを見上げて……

「……座ったあとで言うのもなんだけど、本当に俺、来ても良かったの？」

「あどっ……！」

あどっ、じゃない。かあああああっ、と顔が熱くなる。

押尾さんの顔を見ていると、あたしは途端に次の言葉を忘れ、クラスでのクールなあたしとはかけ離れた究極のポンコツと化してしまう。

「ぜっ、全然大丈夫ですよ！　あたし、ちょうどヒマだったので！」

「あ、うん……そうなんだ？」

あ～～～、間違いなく引かれたなこれは。

押尾さんが言っているのは、十中八九「男を部屋に入れて大丈夫なの？」という確認のはずなのに、文脈すら読めなくなってる。

じわりと涙が滲む、なんだろこれ、こういうタイプの悪夢？

「飲み物、持ってきます……」

ひとまず撤退。

押尾さんのちょっと引き気味な「あ、ありがとう……？」を聞いて、人生にも一時停止ボタンがあればいいのに、と思う今日この頃であった。


静寂が、部屋を満たしていた。

ずっと遠くから聞こえてくるひぐらしの声、エアコンの駆動音。

たまにグラスの中の氷がからんと甲高い音を立てて、ベッドの上に腰かけたあたしはびくんと肩を震わせる。ウサギか何かみたいだ。

そんな恥ずかしい自分を見られていなかったかと、ちらと押尾さんの様子を窺った。

押尾さんは……全く目もくれていない。

では、彼の視線が今どこに向けられているのかと言えば――それは、彼の手の内にあるあたし秘蔵の少女マンガに、である。

「……」

押尾さんの横顔は真剣そのものだ。

僅かに開いた唇や、目線の動きだけでも、物語の世界へ没頭していることが一目で分かる。

……というか押尾さんの髪、すごく柔らかそうだな……

「……うわ」

あれ？　ページをめくる手が止まった。

どうしたんだろう？　と思っていたら押尾さんは口元を僅かに手の甲で隠して、僅かに頬を赤らめていて……

……え？　もしかして押尾さん恥ずかしがってる？

というか押尾さん睫毛も意外と長くて、うらやま……

「――いや、すごいねこれ」

「は、はいっ⁉」

押尾さんが急に声をあげるものだから、心臓が口から飛び出るかと思った。

でも、その一方で押尾さんはそんなの気にした様子もなく、どこか興奮気味に言う。

「今までこういう少女マンガってほとんど読んだことなかったんだけど……すごい、面白いよこれ、女子って小さい頃からずっとこういうの読んでるの？」

「はびっ……」

変な声が出た。

小さい頃からというか、そのマンガ、実はもうあたしぐらいの年の子たちからは「子どもっぽい」と鼻で笑われるぐらいの内容で。

でも、あたしはそういう子どもっぽい恋愛ものが好きで。

それが押尾さんにも「面白い」と言ってもらえたのはやっぱりうれしくて——

なんて、いろんな感情が混ざり合った「はびっ」である。死にたい。

「そっ……そうですね……！」

「そっか、すごいなぁ、そりゃあ女の子の方が大人っぽくなるわけだよ、はは」

「アハハ……」

笑みがこわばる。なんだか騙している気がしないでもない。

それにしても……

「……押尾さん、今日はどうしたんですか？　いきなりマンガを読ませてほしいだなんて」

当然の疑問が今になって浮上してきた。

いきなりも何も、あたしが理由も聞かずに呼びつけてしまったのが悪いのだが、とにかく気になった。

あたしがこの手のマンガを収集していることは麻世(まよ)さんしか知らないはずなので、あの人の差し金なんだろうなということは容易に想像がつくんだけれど、理由が分からない。

すると、押尾さんはぽりぽりと頬(ほお)を掻(か)いて、いかにも気恥ずかしそうに……

「実は俺、付き合ってる子がいるんだ」

……不思議なこともあるものだ。

彼がこはるを好いていて、しかも告白まで済ませ、お互いに両想いだと分かったところまで全て知っているはずなのに。

やっぱり彼の口から直接聞くと、胸が痛んだ。

「……こはる、ですよね。ははは、実際付き合ってみてどうですか、こはる、どんくさいでしょ」

あたしはヘタクソな愛想笑いを作りながら、未(いま)だ未練を捨てきれずにいる自分への戒めの意も込め、そんなことを口にした。

あぁ、だっさいなぁ自分……

なんて自己嫌悪に陥っていると、彼はどういうわけかいっそう顔を赤らめ、

「……いや、恥ずかしい話、本当に何もなくって」

「え？」

予想外の返答に、あたしは思わず間の抜けた声を漏らしてしまう。

「押尾さん、あの日、告白したんですよね？」

「……した」

「両想い、だったんですよね？」

「…………うん」

更に顔が赤らんだ、可愛いな。

「あれから二か月は経ちましたけど、何もないんですか？」

「……手も繋いでない」

「はぁ！！？」

到底、惚れている相手に向けてのものとは思えない声が飛び出してしまった。

この反応は押尾さん自身も想定していたらしく、それこそ今にも爆発しそうなぐらいに顔を赤らめ、恥ずかしさをごまかすためか、わしわしと頭を掻いた。

「……いや、うん、めちゃくちゃ変なことを言ってるってのは自分でも分かるんだけどさ……あぁ～……っ、やっぱり凛香ちゃんにはこんなところ見せたくなかったな……」

恥ずかしがってる押尾さんめちゃくちゃ可愛いな……じゃなくて。

「つ、つまり……？」

恐る恐る尋ねかけてみると、押尾さんは口元を手で隠しながら、一言。

「……付き合うってどういうことか分からないから、勉強しにきました」

そのマンガで？　可愛いな。


——須藤凛香、15歳。

事実は小説より奇なり、というかなんというか。とにかく15年も生きていると不思議なこともあるもので。

ほんの数分前まであたしは人生最大のピンチに直面していたはずだったんだけど、今となってはどうだろう。

「……この壁ドンってさ、前々から思ってたけど、現実でもやる人いるの？」

「この前友達が彼氏に頼んでやってもらったってはしゃいでました。でもそのマンガみたいに会ってすぐ壁ドンって、リアルではドン引きですよね、自意識過剰、ナルっぽい」

「そうか、付き合ったらこういうことやるのか……」

「あ、押尾さんは絶対にやらないでくださいよ、こはるの心臓が止まりますから」

——どういうわけか今、あたしは片想いの相手と肩を寄せ合い、一冊の少女マンガを読みながら〝壁ドン〟の有り無しについて語り合っている。

「あれ？　結局カナデはイツキと付き合っちゃうの？　幼なじみのミナトは？」

「はぁ〜〜〜？　マジで分かってませんね押尾さん、ミナトは一〇〇％ナシですよ、あんなへタレと付き合うはずありませんって」

「え――――、でも、小さい頃の思い出とかさあ」

「思い出で付き合えるわけないじゃないですか、女の子はもっと現実的なんです」

「なるほど……」

押尾さんが感心したように深く頷いて、再びマンガの世界へと潜り込む。

あたしもマンガへ視線を移すフリをして、こっそり押尾さんの横顔を覗き込んだ。

耳から顎にかけてのシャープなライン、通った鼻筋、そしてコマの上を滑る彼の真剣な眼差し。

押尾さんは今、勉強と称してあたしの勧めた少女マンガを片っ端から読み進めているわけだが、まさかここまでハマってくれるとは思わなかった。

窓の外ではとっくに日が暮れているが、押尾さんはきっとそんなの気付いてすらいない。完全に物語の世界へ没頭してしまっている。

そして時たま物語の世界から浮上してきて、登場人物や物語の展開に対してコメントを述べ、あたしがそれに反応する。

「……」

正直に言ってしまえばこの時間はとても楽しく――――しかし同時に複雑な心境でもあった。

私と彼は、お互いの静かな息遣いさえ感じられる距離だというのに、彼は決してこちらを振り向いてはくれない。

何故なら彼は手元のマンガを通して、こはるを見ているのだから。

胸が苦しい。でも、できることならこの時間がずっと続いてほしいとも思う。

……ヘタレだなあたしは、と自嘲した。

「――凛香ちゃん、本当にありがとう」

一体どれぐらいの間こうしていたのだろう。押尾さんの声ではっと我に返る。

「えあっ!?　なっ、何がですか!?」

せっかく押尾さんと言葉を交わすのも慣れてきたのに、不意の呼びかけでまたキモイ声をあげてしまった。

でも押尾さんはそんなの気にかけた様子もなく、あの日みたいに、優しげにこちらへ微笑みかけてくる。

「このマンガもそうだけど、凛香ちゃんから直接意見も聞けて、すごく参考になったよ。……うん、なんだかやれそうな気がしてきた、かな?」

ずきり、と胸が痛む。

「そ、そうですか……それは良かったです」

「さすがに、このマンガの主人公みたいに格好よくできる自信はないけどね」

「……押尾さんは、か、カッコいいですよ……」

「はは、ありがと」

押尾さんが照れ臭そうに笑う。

そのあまりにも爽やかな笑顔と、さらりとしたお礼の言葉を受けて――不思議な話だけれど、なんだか無性に腹が立ってきた。

「……」

……よくよく考えたらなんであたしばっかりこんなにドギマギしているんだ。

そりゃあ事故みたいなものとはいえ誘ったのはあたしだけど、仮にも女子の部屋にお呼ばれして、部屋で二人っきりなのに押尾さんは全然気にした様子がない！

さっき「カッコいい」って言うのだって、結構な勇気を振り絞ったのに押尾さんはさらりと流して！

彼の頭の中にはこはるしかいないんだ。

あたしのことはきっと〝親戚の中学生〟ぐらいにしか思っていないんだ！

「……押尾さんはこはるのどこがいいんですか」

「えっ？」

押尾さんの爽やかな笑顔が一瞬こわばる。

でも、彼はすぐに元の笑みを取り戻して、冗談めかして答えた。

「は、はは、いきなりそんなこと言われても」

「――大事なことです、誤魔化さないで答えてください。押尾さんは、こはるのどこを好きになったんですか？」

あたしは押尾さんを逃がさないよう、まっすぐに彼の瞳を見据える。

「こはるは確かに可愛いです、でも顔だけの話だったら、こはるより可愛くてスタイルのいい子なんていくらでもいます。センスも要領もよくないし、すぐにキョドってキモイです。守ってあげなきゃ、保護しなきゃっていう感じが刺さるんですか？　それとも単純に距離が近かったから？　答えてください」

「うーん……」

押尾さんが低く唸って、少しだけ考えるようなそぶりを見せる。

それからしばらく経って、彼はまるでそれが当たり前のことであるかのように、さらりと答えた。

「多分、それを知りたいから、今こんなにも必死になってるんだと思うな」

……ああ、それは反則だ。

「そうですか……」

先に目を逸らしたのはあたしの方だった。

だって、勝てるわけがない。

あたしの意地悪な質問に対して、そんな少女マンガみたいな台詞を自然と返せるなんて――

「……押尾さん、最後に一つ、アドバイスをしてあげます」

あたしは無理やりに笑みを作って、言った。

「今日見たものは、全部忘れてください」

「えっ？　それはどういう……」

「多分、押尾さんなら余計なことをしない方が上手くいくからです、あたしが太鼓判を押しますよ」

そう、彼にはこんな〝勉強〟そもそもが必要なかったのだ。

何故なら、彼はこんなにもこはるを想い、悩んでいる。

その気持ちさえあれば、どれだけ遠回りしようと〝正解〟を選び取るはずだ。

一方で、矛盾するような話だけれど恋愛に正解はなく、どれだけ相手を想っていてもどうにもならないことなんて往々にしてある。

だから……

「もし失敗したらその時はまたここへ来てください……そしたらあたしが責任をとりますから」

「……えっ⁉」

〝責任〟という単語を耳にして、押尾さんの顔がぼんっと赤くなった。

どうやら、最後にようやく一矢報いることができたようだ。

あたしはくすくすと笑いながら、

「あれ？　もしかして今、変な事考えました？　でしたら残念ですね、もし押尾さんがフラれたらここでまた一緒にマンガでも読みながら、残念会しましょうって意味で言ったんですよ？」

「……っ！」

押尾さんが、赤らんだ顔を逸らす。

そんな仕草も可愛いな、なんてあたしが思っていると、彼ははたと何かに気付いたように、窓の外の景色へ目をやって……

「……あっ!?　もうこんな時間!?　や、やばっ……！　帰らないと……！」

ああ、楽しい時間もそろそろ終わりなようだ。

あたしは忙しなく帰り支度をする彼の横顔を眺めながら「こんな近くで彼の横顔を見つめられるのも今回が最後なんだろうな」なんて、しみじみ思った。

さっきのあたしの言葉通り、ここでのことは全部忘れたほうがいいんだ。

押尾さんも、そしてあたし自身も。

「ごめんね凛香ちゃん、ついこんな時間まで……！　マンガありがとう！　本当に面白かった！」

「失恋すれば、またいつでも読みに来れますよ」

「縁起でもないなあ……！」

困ったような押尾さんの反応を見て、あたしは悪戯っぽく笑う。

なんとも締まらない、恋の幕引きだ。

……でもまぁ、現実は案外こんなものなのかもしれないな。

なんて心中で呟いて、センチメンタルな気持ちになっていると、それは起きた。

「――えっ？」

立ち上がりざま、押尾さんが大きくバランスを崩し、前方――すなわちあたしの方へとつんのめった。

驚いたように固まる押尾さんの表情。

そこで初めて、彼がいつからか胡坐から正座へ座り直していたことに気が付く。

押尾さん、よっぽど集中してたんだなぁ……

スローモーションに動く時間の中で、状況とは裏腹に呑気にもそんなことを考えるあたしがいる。

押尾さんの顔が、すぐそこまで迫っていた。

あたしが呆けたように固まるしかない一方で、押尾さんはぶつからないよう、すかさず伸ばした右手をあたしの背後の壁に突き出して――


ドン！

「……」

「……」

嘘のような静寂が、部屋の中を満たした。

もうセミの声も、エアコンの駆動音も聞こえない。グラスの中の氷も完全に溶け切ってしまっている。

聞こえるのはお互いの息遣いと、そして、ばくばくと鳴る自分の心臓の鼓動音のみ。

鼻先が触れ合いそうな距離感で、押尾さんはゆっくりとその唇を開いて……

「……ごめん、凛香ちゃん……」

「イ、イイデスヨ……」

「……じゃあ、あの、帰るね……」

「アリガトウゴザイマシタ……」

——何がありがとうなのかはともかく、その後、耐え切れなくなるぐらい気まずい空気の中でこの度の会合はお開きとなった。

そして押尾さんが帰ったのち、あたしは一人部屋で——

「————————っっっ！！！」

枕に顔をうずめて、めちゃくちゃに叫びまくった。

だって、あんなのは反則だ！

人がせっかく！　綺麗なタイミングで！　恋を諦めようとしていたというのに！

あの人は！　あの人は！　あの人は！

もう怒った！　敵に塩を送るのは今回限りだ！

だって――

「もう絶対に諦めない……！　いつか必ず振り向かせてみせるから……！」

事実は少女マンガより奇なり。

15年生きてきて、まさかあたしがこんな少女マンガみたいな台詞を吐くことになろうとは、思ってもみなかった。

♠

凛香ちゃん宅から逃げるように飛び出した、そのあとのこと。

玄関を出てすぐのところにある自販機の側に、女性が一人しゃがみ込んでいるのが見えた。

どちらかと言えば猫顔で華奢な凛香ちゃんとは違い、女性的な肉付きをした狸顔の彼女は凛香ちゃんの姉、現役社会人の須藤京香さん、というらしい。

家を訪ねた際に少しだけ顔を合わせたので、自己紹介と軽い挨拶だけは済ませてあった。

彼女はTシャツにゆったりめのハーフパンツというラフな格好で、この蒸し暑い中、何故か缶のホットココアをちびちび飲んでいる。

「……」

お邪魔しました、ぐらいは言っておこう。

そう思って彼女の下へ近付くと、京香さんは虚空を眺めたまま、ぼんやりとした表情で。

「……中学生と高校生って、付き合っても合法なのかぁ」

「っ……！」

喉まで出かけた「お邪魔しました」の一言が、一気に腹の底まで引っ込んでしまった。

そんなこちらの反応を楽しむように、彼女はにんまりと口元を歪め、その特徴的な鼻にかかった声で……

「どーよ、ウチの妹」

「……言ってる意味が分からないです」

「まったまたぁ、顔真っ赤だよん」

「っ……!?」

俺は慌てて手で顔を覆う。

すると京香さんはけらけらと笑いながら……

「あれぇ？　ホントになんかあったの？　あてずっぽだったのに、アハー、イケメンは手が早いなぁ、やっぱり……」

「お邪魔しましたっ!!」

去り際、後ろから京香さんの間延びした声で「また遊びに来てね～」と聞こえたが、無視した。

今振り返れば、羞恥(しゅうち)で真っ赤に染まった顔を見られてしまうからだ。

人がせっかく忘れようとしていたところに、余計なことを……！

「……絶対キモイって思われた……」

会ってすぐ壁ドンって、リアルではドン引きですよね、自意識過剰、ナルっぽい。

凛香(りんか)ちゃんの言葉が耳朶(じだ)に蘇(よみがえ)り、俺は更に顔を熱くした。

いや、もちろんわざとではなく長い時間正座をしていたせいで足が痺(しび)れてっていう前提はあるわけだけど、さすがに伏線回収が早すぎる。

というかなんで凛香ちゃんにやるんだよ！

二度と壁ドンなんてしない。

頼まれたってしない。

もう壁ドンという単語すら見たくない！

肩で夜風を切りながら俺は、間違いなく人生で最も恥ずかしかったことランキングベスト3に食い込むであろう一連の出来事を未来永劫(みらいえいごう)記憶の底に封印することをかたく心に誓った。

そんな風に一生分の恥をかいた一日であったが、しかし、それ以上に大きな収穫があったのも事実だ。

「余計なことをしない方が上手くいく、か……」

ぼそりと呟いたのは、凛香ちゃんの言葉だ。

今日一日、女心を理解するために、時間を忘れるぐらい少女マンガを読みふけったわけだが、結局その言葉が一番真理に近い気がした。

あやうく、傷つかないように嫌われないようにと回りくどい手段を選んだせいで、すでに何度も失敗しているという事実を忘れるところだった。

俺は傷つかないために恋をしているわけでも、嫌われないために恋をしているわけでもない。

俺は、佐藤こはるが好きだから、恋をしている。

「もっと、ストレートに気持ちを伝えよう」

答えなんかとっくに出ていた。

要するに、しかるべきタイミングでただ、自分の想いを伝えればいい。

それに気付けただけでも今日、凛香ちゃんに会えてよかった。

……でも。

「……それはそれとして、今度また凛香ちゃんにマンガ貸してもらおう」

少女マンガというのも馬鹿にできない。

勉強云々はともかくとしても、正直普通に面白かったし、個人的に続きが読みたい……

さて、そんなことを考えながらの帰り道であったが、伏線回収の機会は思ったより早く訪れることとなった。

「——颯太、今度こはるちゃんと海行ってきなよ」

父・押尾清左衛門の発した言葉に、俺は冷め切ってボソボソのコロッケに箸を突き立てたまま、固まってしまった。

一方テーブルを挟んで向かい側に腰かけた父さんは、夕食後のデザートとして——よくもまぁ飽きないものだ——辞書ぐらい厚いパンケーキを賞味している。

ハチミツに濡れ、ホイップで着飾ったパンケーキたちがあっという間に切り分けられ、父さんの口の中へと消えていくさまは、いっそ手品のようであり——いやそんなことどうでもいい。

「……どういうこと？」

「いやあね」

父さんが口の中のパンケーキを嚥下し、俺の淹れたダージリンティーを一口含む。

そしてたっぷり時間をかけて鼻孔に抜ける香りの余韻を楽しむと——

「花波おばあちゃんのこと、覚えてるかい？　ほら、ずうっと昔、颯太が保育園に通ってた頃、よく遊びに行ってた民宿〝かなみ〟の」

「……？」

花波（かなみ）おばあちゃん？

緑川（みどりかわ）、民宿……

「あっ！」

ピン、ときた。

おぼろげな記憶だが、確かに、ある。

そうだ！　それこそずっと昔、俺がまだ保育園に通っていた頃！　よく遊びに行っていた民宿の花波おばあちゃん！

母方の祖母の姉――すなわち俺にとっての大伯母（おおおば）に当たる人物だ！

「ああ！　覚えてる覚えてる！　花波おばあちゃん！」

思わず声も大きくなってしまう。

そうだ、そうだ、徐々に記憶が鮮明になってきた。

花波おばあちゃん、浅黒く焼けた肌の、よく笑うおばあちゃんだった。

地元の海で獲（と）れた貝類――アワビやサザエの刺身だの、バイ貝の煮つけだのをいつもお腹いっぱいになるまでごちそうしてくれて、当時の幼かった俺は物の価値も分からずぱくぱく食べまくったものだ。

中学に上がる頃になってからようやく、それらがどれほどの高級食材だったのかを知ったわけだが……その花波おばあちゃん!?

「いや懐かしいな……！　……で？　花波おばあちゃんがどうしたの？」

「それが花波おばあちゃん民宿閉めちゃうらしいよ、今月いっぱいで」

「……えっ？」

一瞬、胸のきゅっと締め付けられるような感覚があった。

……だけど考えてみれば当然のことだ。

あれから一〇年近く経っている、花波おばあちゃんも70歳を超えただろう。

変わらないものなんて、なにもない。

「そ、そうなんだ……やっぱり歳（とし）だから？」

「いや、そこまでは……今朝がた久しぶりに電話がかかってきて、そこで初めて聞いたから」

「そっか……」

頭では分かっていても、やっぱり思い出の場所がなくなるのは寂しい。

胸の内から湧（わ）き出る言いようのない寂寥（せきりょう）感をひしひしと感じていると、父さんもまたしんみりとパンケーキを頬張（ほおば）って、言う。

「それで花波おばあちゃん、民宿を閉める前に颯太（そうた）と、颯太の彼女の顔を見たいんだって……確かもうすぐ夏休みだったよね」

「そりゃあ勿論（もちろん）いいけど……父さんは行かないの？」

「父さん海嫌い」

「あ、そういえばそうだっけ……って待って、さっき彼女って言った?」

「えっ?」

「えっ?」

お互いに顔を見合わせた。

じわ、と俺の額に汗が浮かぶ。

「ちょっと待って、父さん、俺に彼女がいるって花波おばあちゃんに説明したの?」

「したよ、朝電話がかかってきた時にそういう流れになって、今度紹介させるとも言った」

「……ということは、つまり」

ばくばくと心臓の高鳴る俺とは裏腹に、父さんはいかにもなんでもなさそうに言う。

「こはるちゃんと行ってきなよ、海」

♥

佐藤こはる、17歳。

ただいま、恋愛に絶賛迷走中です。

「お母さん、恋愛相談乗って……」

「ヤダ」

即答だ。

テーブルを挟んで向かい側に座る私のお母さん——佐藤清美(きよみ)は、手作りのきんぴらごぼうをつつきながら、こちらも見ずに答えた。

実の母のあまりにもドライすぎる返答に、私は思わず眉(まゆ)をハの字にする。

「……なんで……？」

「ヤだから」

「……少しだけ」

「ヤダ」

一切声のトーンを変えず、黙々ときんぴらごぼうを口へ運ぶお母さん。取りつく島もない。

私はぷう、とむくれた。

「……なんでそんな意地悪言うの……」

「アンタの話、長くて面倒臭そう、そーいうのは友達としろ」

ばっさり。

確かに面倒臭いのは事実だけど、そんなにはっきり言わなくていいじゃんか……

抗議の意を込めて、更に頬(ほお)を膨らませる。

「最初は凜香(りんか)ちゃんにしようとしたし……」

「中学生に恋愛相談するとか我が娘ながら情けない、で？」

「……なんか機嫌悪かったみたいで、スタンプ一〇〇個ぐらい送られてきた……」

「凛香ちゃんが正しいわそれは」

ばっさり。ぽりぽり。

ちなみに後のはごぼうを噛み砕く音だ。食卓にむなしく響く「ぽりぽり音」を聞いていると、だんだん目頭が熱くなってきて、私は――

「――イヤだぁぁぁっ!! 恋愛相談乗ってぇぇぇぇぇっ!!」

駄々をこねる。早くも奥の手、解禁だ。

とはいえ、お母さんも伊達に17年私のお母さんをやっていない。

お母さんは呆れ半分、煩わしさ半分といった、私の心へ最も効率的にダメージを与えるであろう表情を作り「はぁぁっ……」と、これ見よがしに嘆息する。

これには子どもみたいに足をジタバタさせて喚いていた私も、瞬時に我に返ってしまった。

私は高校生にもなっていったい何を……？

「あぁもう、うるさい、分かったから、聞いてやるから」

「本当!?」

「でも長くなりそうだから簡潔に、要点だけを」

「えっ!? えぇっと……! す、好きだった男の子と付き合ったけど! 付き合うってなんだか分かりませんっ!!」

「バカじゃん」

ばっさり。ぽりぽりぽりぽり。じわ。

最後のは、私の目に涙が滲む音だ。

恥をかいて、無い知恵を振り絞ってまで頑張ったのに、この仕打ち。

いっそ本当に泣きながら転げまわってみたらどんな反応が返ってくるだろうか……なんてよからぬ考えも浮かんでくる。

そんな時だった。お母さんはきんぴらごぼうを缶のチューハイで流し込んで――

「――そんなの、自分がその時にしたいと思ったことをすればいいに決まってるじゃんか、付き合ってるとか付き合ってないとか関係ない」

「えっ？」

「だから」

お母さんは、どこか遠い目で語る。

「付き合うとか付き合わないの話ってさぁ、私から言わせればお互いの意思確認でしかないわけよ、告白と行動が前後したってなんの問題もないの」

「う、うんうん!?」

なんだか興味深い話だ。私はテーブルから身を乗り出す。

「結局さぁ、男女の仲なんて付き合う前から決まってるのよ。要するに相手はどれだけ自分を受け容れてくれて、自分はどれだけ相手を受け容れられるか、そういうのが、こう……びびっとくんの、フィーリングってやつ。そしたらもう感情の赴くまま動けば、なるようになんのよ」

「……うん？　ごめん、よく分からなくなった」

「つまりさぁ……」

お母さんはここで一旦言葉を切り、缶チューハイを傾け、ぐびりと一度喉を鳴らすと……

「——押し倒しちゃえば？」

「お、おしっ!?」

実の母からとんでもない単語が飛び出してきて、私は目を白黒させてしまった。

押し倒す？　押尾君を、私が？

押し倒してどうなる？　添い寝じゃないことは分かる。ことが起こる。

あ、押尾颯太と押し倒そうって似てない？

ヤバいヤバい！　想像だけで思考が混乱してる!?

「だ、だだだ、ダメに決まってるじゃん！！？　そ、そそっ、そういうのはけっ……けっ……」

「そういうのは結婚してから、とか言わないでよ、もう高校生なんだから」

私が〝結婚〟の二文字を口にするのに手間取っていたら、またもばっさり切り捨てられる。

本来こういう時に止めるのが親の役目なんじゃないの!?

「そ、そんなことしたら赤ちゃんできちゃうんだよ！！？」

「避妊するんだよバカ、アンタだってその、押尾君？　だっけ、押し倒したいでしょ？」

「そんなことっ……！」

考えたこともなかった。

最近「どのタイミングで手を繋ぐのが一番恥ずかしくないか？」ということばかり考えている私にとって、そんなのは何万光年も向こうにある問題だ。

そりゃあ勿論、私だって女子高生、おぼろげながら知識としては知っている。

ねんごろの男女が愛やらムードやら大人の駆け引きやら、そういったなんやかやを踏まえた上で、起こること。

別に、普段からそういうことを考えているわけじゃないっていう前置きはしっかりとした上で、私は少し想像してみた。

「……ムリぃっ……！」

ほんの導入部分でリタイア。

顔を赤らめ、その場で丸くなる私を見て、お母さんは深い溜息を吐き出した。

「情けなさすぎてアタシがムリだよ」

「だ、だって……！」

「不思議ねー、若い頃のアタシはこんなんじゃなかったのに」

「……え？　なに？」

「そう……あれはアタシが17の頃。社会を信じられずツッパっていたアタシは大学の文化祭を冷やかしに行った。そしたらステージの上で熱唱する某ロックバンドのボーカルだったパパと出会って、一目で恋に落ちたのよ。まあライブの後は当然の流れとしてそのままホテルで……」

「ちょっちょちょちょ!? お母さぁん!? 気になる導入から実の娘になに聞かせようとしてるの!?」

「なによ参考になると思ったのに」

「ならないもん！ 私も押尾君も、そんなにすぐにホテルへ行ったり――」

「――入ってない」

唐突にお母さんのものでも、もちろん私のものでもない声が聞こえた。

振り返ってみると、なんと！ そこにはリビングでソファに浅く腰掛け、炭酸水のペットボトル（最近ハマってるらしい）を片手にスマホをいじくるお父さんの姿が！

いたの？

という言葉が喉まで出かけたが、さすがに可哀想なのでやめた。

「ホテルに入ったのは、しかるべき交際期間を経てからだ。ライブを終えてからやたら付きまとってくるガラの悪い女子高生がいてな、それが清美だ」

「そうだっけ？」

わざとらしくとぼけるお母さん。

これに対してお父さんはいかにも神妙そうな顔を作って、私に言う。

「人それぞれにペースがある、こはるにもこはるのやり方があるだろう」

「お父さん……」

私は、お父さんの言葉を噛み締めて——ぎゅっと、眉間にシワを寄せた。

「……あんまりお父さんの口からホテルとか聞きたくなかったな、ちょっと気持ち悪い」

「…………そうか…………」

お父さんは表情ひとつ変えずに再びスマホへ視線を落としたけれど、メガネを押し上げる指先が、ちょっと尋常じゃないぐらい震えていたのを私は見た。

例の一件——通信制限事件から、なんだかお父さんは随分と丸くなり、こうして家で言葉を交わす回数も以前に比べて、ずっと増えた。

でも、その分お父さんはもう少しでりかしーを持ってほしいものだ。

などと思っていた矢先のこと、テーブルの上に置いておいたスマホがブーブーと振動した。

着信だ。

「あ、ごめん電話……」

私はスマホを手に取り、そして画面を覗き込んで……

「ヒュッ……!?」

変な声が出た。

私がこんな反応をするということは、もはや言うまでもなく。

――押尾君からの、着信である。

「どっ、どどどどうしよう!?　お、押尾君から電話ぁっ!?」

噂をすれば、なんとやら。

それにしたってあまりにも狙いすましたようなタイミングでの着信に、私は思わずテーブルの上にスマホを投げ出してしまった。

スマホはそんな私に抗議するように、テーブルの上で低く唸り続けている。

「ちょっとこはる!?　どうもこうもないでしょ！　早く電話出て！」

「でも、こここっ、心の準備が……」

それに、ついさっきまで押し倒すだの押し倒さないだの言っておいて、それからすぐに押尾君と話すのは……なんだかとても変な感じがする！

もう訳が分からず両目をぐるぐるさせていると、お母さんは「バカ娘！」と私を一喝して、

「そんなの、学校で話してる時と同じでいいんだよ！」

「えっ、じゃああと20分ぐらい深呼吸することになるけど……!?」

「ホントにどうしようもないねアンタは！」

「――ともかく、彼を待たせるのは失礼にあたると思うのだが」

パニクる私と嘆くお母さんと唸るスマホでてんやわんやの中、至極冷静に言葉を発したのは

お父さんだ。

そ、そうだ、その通りだ！　私ははっと我に返る。

私が醜態を晒すよりも、押尾君に迷惑をかけてしまう方が大ごとだ！

覚悟も十分にできないまま震えるスマホを摑み取り、〝応答〟ボタンを強くタップして、一声。

「――もっ、もしもしっ！！？」

案の定声は裏返り、視界の隅っこでお母さんががっくりと項垂れた。

言うまでもなく、一番がっくりきているのは私自身だ。

どうして私は好きな人と電話の一つまともにできないのか……？

でも、押尾君はやっぱり優しい。ちょっと引くぐらい食い気味の「もしもし」を受けても、いつもの調子で……

『……ん？　佐藤さん……だよね？　押尾だけど、ごめんねこんな時間に、今電話大丈夫？』

「さ、佐藤だよ！　佐藤こはるだよ！　い、今が、大丈夫かって!?　うっ、うん！　それはもちろん！　暇！　すごい暇してたよ！　あはは……！」

あはは、じゃない。自分のコミュ障具合に、涙が出そうだ。

仕方がない、仕方がない！

自分の一番好きな人の声が耳元から聞こえてきて、それでも冷静でいられる人なんて心臓が鉄かなにかでできているとしか思えない！

『そっか、良かった』

スマホの向こうで押尾君が、私の引きつった笑みとは比べ物にならないくらい爽やかに笑う。

笑った時の息遣いに、私は再び心臓を跳ねさせる羽目になった。

ごめん私の心臓、押尾君と出会ってから何かと忙しないことばかりだと思うけど、もう少し耐えて欲しい。

せめて、この電話が終わるまではっ……！

「（押し倒せ）」

「ひぃっ!?」

後ろからとんでもないことを囁かれて、危うく口から心臓が飛び出るところだった。

『えっ？　なにどうしたの!?』

「ご、ごごご、ごめん押し倒……じゃなくて！　なんでもないよ押尾君!?」

『そ、そう……？』

咄嗟に振り返ると、背後に声を押し殺して、悪戯っぽく笑うお母さんの姿があった。

私がそれを涙目できっと睨みつければ、お母さんはやっぱり子どもみたいに笑いながら、お父さんを連れてリビングから逃げていってしまう。

色々言いたい文句はあるけれど――まず電話で押し倒すなんて無理だから！

『実は、ちょっと佐藤さんに聞きたいことがあって電話したんだけど……』

押尾君の声。

私は慌てて、再びスマホへ意識を集中させる。

「う、うん！　なに⁉　なんでも聞いて⁉　アハハ……」

『その……ほら、俺たち来週から夏休みに入るでしょ？』

「そ、そうだね？」

押尾君の言う通り、期末テストも終わり、夏の暑さもいよいよ本格的になってきた七月下旬。

桜庭高校は、来週から夏休みに入るわけだけど……

『で、今度の週末なんだけど、佐藤さん、海に行かない？』

「――うみっ⁉」

あまりの衝撃に、声がひっくり返ってしまった。

でも待ってほしい、これは私のコミュニケーション能力の低さとは関係のない反応だ。

私は、海に対して特別な憧れがある。

というのも、私は友達が少ないせいでそもそも自分を海に誘ってくれる人が……あ、これは私のコミュニケーション能力の低さにばっちり関係してるね。

私がコミュ障なせいですすみませんでした。

それはともかく――

「う、海！　行きたい！」

声が弾んでしまうのも仕方のないことだ。

海水浴なんていうイケイケなイベントに誘ってもらえたこと自体が――もっと言えば、他でもない押尾君に誘ってもらえたことが嬉しいんだ！

海の家、焼きそば、スイカ割り、あと、えーと……砂のお城？

なんせ小さい頃、親に連れられて行ったのが最後だから、イメージが果てしなくボンヤリしてるけど、とにかく楽しみだ！

『良かった、場所は緑川で、電車で向かうことになると思う。細かい集合時間とかはまた追って教えるよ』

「うん！　うん！　わかった！　やったぁ、すごく楽しみ！」

さっきまであれだけテンパっていたのが嘘みたいだ。

まるで子どもみたいにはしゃいでしまっている。

しかし……

『――あ、それと向こうでは部屋を借りてあるから、荷物の置き場所に関しては心配しなくていいよ』

「えっ」

――心肺停止――

は言いすぎにしても、間違いなく思考は停止してしまった。

部屋を借りてあるから。空っぽになった頭の中でその一文がむなしく響き渡っている。

〝押し倒しちゃえば？〟

〝私も押尾君も、そんなにすぐにホテルへ行ったり――〟

気がつくと、スマホを握る手が震えていた。

「アノ………」

『うん？』

「ワタシソウイウノハジメテナンダケド………」

消え入りそうな声で言う。

永遠にも感じられる、妙な沈黙。

それから、押尾君はなにかに気付いたように「ああ」と声を上げて……

『大丈夫だよ、麻世さんも久しぶりだって言ってたし』

「ま、まままま麻世さんっ!?」

多分、今まで生きてきて一番大きな声を出してしまった。

えっ……えっ!?　待って待って待って頭が追いつかない!!

『び、びっくりした……』

「えっ!?　なっ、そ、その……麻世さんも参加するの!?」

『あ、そっかまだメンバー言ってなかったね、俺と佐藤(さとう)さんと、蓮(れん)と凛香(りんか)ちゃん、それに雫(しずく)さんと麻世さんも来るよ』

「六人！！？」

というか、蓮君も⁉

私の小さな頭はパンク寸前だ。

「わ、わわわ、私本当にはじっ、初めてで……⁉」

『……？　凛香ちゃんは慣れてるらしいから、色々教えてもらえばいいと思うな』

「凛香ちゃん慣れてるの⁉」

初耳なんですが！

中学生って、そこまで進んでるの⁉

いよいよ私の頭がパンクしてしまうのでは、というその時……

『――まぁ、ただの海水浴だから、泳げないとしても好きに楽しめばいいと思うよ』

「えっ？」

『えっ？』

お互いの素(す)っ頓狂(とんきょう)な声が重なる。

泳げなくても……？

『あれ？　てっきり海が初めてだから泳ぎに自信がないとかそういう話かと……もしかして

違った？』

「……えっ、あ、あの、部屋を借りてあるっていうのは……？」

『あ、もしかして部屋の心配してくれたのかな？　大丈夫だよ、親戚のおばあちゃんがやってる民宿なんだけど、当日はちゃんと空きがあるらしいから』

「………ア、ソレナラヨカッタ……」

すう、と身体から熱が引く。

『ありがとうね、わざわざそんなところまで心配してくれて、あ、あと日帰りではあるけれど、一応お父さんお母さんに確認を取った方がいいかも』

「ア、ハイ……」

『じゃあそんな感じで、また今度ね、おやすみ』

「オヤスミ……」

プッ、と音が鳴って、通話が切れる。

呆然として手元を見ると、画面には〝通話時間　2：26〟の表記。

それを見た私は、私は……

「――あああああああああっ！！！！！！」

怪奇、奇声をあげながらフローリングを転がり回る女子高生の誕生である。

私は！　私は！　私はっ!!

押尾君はただ皆で海に遊びに行こうと誘ってくれただけなのに、なんていやらしいことを考えて!!

死にたいっ！　もう死にたい!!

直前に変な会話をしてしまったせいで、お母さんの桃色思考が感染してしまった！！！

ぎゃあああああああ……

結局、その後私はお母さんがリビングへ戻ってくるまで延々奇声をあげながら転がり続け、お母さんはのちにその時の私を「悪魔にでも憑かれたのかと思った」と評した。

♠

「颯太は本当にすごいよね」

頭上から父さんの声が聞こえてくる。

何故頭上からなのかといえば話は簡単で——俺がスマホを握りしめたまま、テーブルに突っ伏しているからだ。

吐き出す息は荒く、心臓がばくばくいっている。

要するに……

「めちゃくちゃ緊張した……」

「……そんな状態で、よくあんなに普通に話せるもんだ」

呆れとも感心ともつかない呟き。

簡単に言ってくれるけど、そもそも電話というのはハードルが高い！

「だって好きな子の声をあんなに耳元で聞く機会、普通ないじゃん……」

まったく、平静を装うので精いっぱいだった。

ふいに聞こえてくる彼女の息遣いは、さながら凶器で。

あと20秒も会話が長引いていたら、俺の心臓は木っ端みじんに弾け飛んでしまったことだろう。

なんてことを考えていたら……

「お父さん、颯太にはまっすぐ育ってほしいけど、さすがに高校二年生でそれは心配になるな。というか、せっかくの海なのにどうして二人きりで誘わなかったのさ」

「おっしゃる通りだ……！」

朝昼晩にパンケーキを食べるびっくり人間からこれ以上ない正論を吐かれてしまった。

もちろん自覚している。高校二年生にもなって、好きな女の子とたった数分電話しただけでこんなボロ雑巾みたいになるのがヤバいってこと。

そしてあまつさえ直前で日和ってしまって、二人きりのデートに踏み切れなかったことも。

……でも、やっぱり電話は思い出してしまう。

　俺が佐藤（さとう）さんに告白した、あの夜の電話のことを……

「ぐっ……雫（しずく）さんとか麻世（まよ）さんなら電話越しでも全然平気なのに、なんで……」

「そりゃ颯太がこはるちゃんのことを好きすぎるからだね」

「分かってるから口に出して言わないでくれ……」

「こんな調子で海、大丈夫なのかい？」

「……うん？　なんの話？」

　顔を上げる。

　父さんは俺の淹（い）れた紅茶を啜（すす）りながら、「あ、やっぱりそこまで考えてなかったんだ」という視線を向けてきて……

「水着、着るんだよ」

「……？　当たり前じゃん？」

　なんで今更そんな話を？

　まさか全裸になって海に入るわけもないし、当然水着は着るに決まっている。

　俺も、もちろん蓮（れん）も、それに皆だって……

　……皆？

「アァッ……!?」

　再び変な声が出た。

考えてみれば至極当たり前のことなのに、全くそこまで頭が回っていなかった。

海なのだから、当然、水着は着るのだ。

俺も蓮も、凛香ちゃんも麻世さんも雫さんも、そして――

「佐藤さん、水着っ……!?」

♥

「……ミズギ……？」

私は、まるでそれが初めて聞いた単語であるかのように繰り返した。

みずぎ、ミズギ、水、着……？

「そうだ」

ソファに浅く腰掛けたお父さんはスマートフォンのニュースアプリを眺めながら答えた。

「海水浴については、好きにするといい、こはるももう17だからな」

「アタシもパパがいいって言うなら別にいいよ～」

この間延びした声は、お父さんの肩にもたれかかりながら、缶チューハイを飲んでいるお母さんのものである。

ちなみにお母さんはお酒に弱いので〝よいのくち〟という低アルコールのチューハイを缶の

半分飲んだだけで、もう目がとろんとしていた。

「パパぁ、緑川ってなにが有名なんだっけぇ？」

「海と、遊覧船」

「食べ物はぁ？」

「貝が有名だな、岩牡蠣、鮑、栄螺……」

「よっしこはる！　おみやげは岩牡蠣で決定！　ゲンコツぐらいでかいの買ってこぉ〜い！」

「そ、それは買ってくるけど……！　そんなことより水着だよ！　えっ!?　が、学校指定の水着じゃ……！」

学校指定の水着じゃ駄目かな。

そう口にしかけて、すんでのところでやめた。

何故なら、お父さんとお母さんのこちらを見る目が、実の娘に向けるものとは思えないほど冷え切っていたからだ。

「だ、駄目に決まってますよね……」

「よかった、もう少しで実の娘にドン引きするところだった」

ひどい物言いだ。

確かに、少し考えてみれば学校指定の水着なんてありえない。二人きりでないとはいえ押尾君との初めての海なんだから。

でも……

「わ、私、学校の水着以外は持ってない……！」

「でしょうね、アンタ海に誘ってくれるような友達いないもん」

ぐさり。

どうしてお母さんはそこまで的確に私の胸を抉る言葉が吐けるのだろう。

「おっ、お母さん水着選ぶの手伝って！」

「やーだ、そこまで面倒見切れない、というか高二にもなって親に水着選んでもらう女子がどこにいんのよ」

「う、ううう……！」

ぐうの音も出ないとはこのことで、代わりに涙が滲み出た。

でも、お母さんは知っているはずだ。

ごもっとも、ごもっともすぎる。

私がそういった〝センス〟と名の付くあらゆるものを、一切持っていないことを。

「どうしよう……！」

ピンチ。まごうことなき、大ピンチだ。

私は頭を抱えてうずくまり、低く唸りをあげる。

そんな私を見るに見かねたのか、お父さんは近くにあった炭酸水のペットボトルを手に取って、ぼそりと呟く。

「……確か、こはるの友人にはアパレル店員がいたと聞いているが」

「……麻世さんっ!?」

私は顔を上げる。

そうだ！　私は、あのオシャレマスター・麻世さんの連絡先を知っているんだ！

水着ならそれこそ麻世さんに頼んで一緒に選んでもらえばいいじゃないか！

ああ、お父さんがこんなにも頼もしく見えたのは初めてだ！

「お父さん……！」

「海での事故には気を付けるようにな」

「うん、うん！」

希望が見えてきた！

私は意気揚々と立ち上がって、そしてにっこりと笑い――

「――本当にありがとうお父さん！　……でも、私より先に水着に気が付くの、正直ちょっと気持ち悪いかな」

「…………そうか…………」

「とにかくありがとう！　じゃあおやすみ！」

それだけ言い残して、私は改めて麻世さんへ連絡をとるために小走りで階段を駆け上る。

その際、リビングから……

「つ、冷たっ!? ちょっ……パパ!? こぼれてる!! めちゃくちゃこぼれてる!?」

と、お母さんの声が聞こえてきた。

◆

『凛香(りんか)ちゃん、今度の週末、海へ行かない？』

——心肺停止——

は、決して言い過ぎではない。

事実、スマホ越しに押尾(おしお)さんのその言葉を聞いてからというもの、あれだけうるさかった心臓の鼓動がぴたりと止(や)んでしまったのだから。

「……」

金魚みたいにぱくつかせた口の中で、いくつもの言葉がその形を成すこともできずに消えてゆく。

え、ウソ？ どういう展開これ？ 夢？

恋愛相談、からの壁ドン（事故）、からの海？

あまりのスピード展開に頭が追い付いていない。まるで走馬灯みたく今までの記憶が駆け巡る。まぁそこで映し出される映像には十中八九押尾さんの姿があり、あたしはちょっと押尾さんのことが好きすぎるのではないか、なんてことを頭の片隅で不安がっていると。

『ちなみに、佐藤さんと、蓮と、あとは雫さんと麻世さんも誘おうと思ってるんだけど』

「……タノシソウデスネ」

そりゃそうだ。と、頭の中のもう一人のあたしが言った。

……いや別にがっかりしているわけではないけどね？　期待もしてないし。

ただ、例の壁ドンのせいですこ――し変な精神状態になっていて、結局あの後観た映画の内容も全然入ってこないしで、ちょっと、なんというか……

まぁ要するに壁ドンが悪い、全部壁ドンのせい。

押尾さんから電話をもらって舞い上がってるとか、そういうアレじゃございません。

『とにかく、そういうことなんだけど、凛香ちゃんも来る？』

頭の中はなんだかぐじゃぐじゃだったけど、でも、確かなことが一つある。

「……是非、行きたいです」

こんな千載一遇のチャンスを逃す手はない、ということだ。

押尾さんが、スマホの向こうで「はぁ」と短く安堵の溜息を吐くのが聞こえた。

『よかった、じゃあまたあとで改めて連絡するね』

「はい、わかりました、じゃあおやすみなさい」

押尾さんの『おやすみ』を最後に電話が切れる。あたしは人知れず笑みを浮かべた。

「ふふ……」

さっきの溜息が一体、なんの溜息だったのかはおおかた予想がつく。

さしずめ「断られなくて良かった」とか「壁ドンのせいで嫌われてなくて良かった」とか、そんなところだろう。

本当に、呑気なことだ。

「……余裕ぶってられるのも、今のうちだもん」

何故なら、あたしはすでに覚悟を決めた。

押尾さんよりも――勿論、こはるよりも早く、リングに立ったのだから。

今のうち、全部今のうちだ。

すぐに押尾さんは、あたしを子ども扱いできなくなる。

爽やかな笑顔で受け流すことも、なんの下心もなくあたしの頭を撫でることもできなくなる。

絶対に、あたしを意識させてやる。

「心変わりなんて、よくある話なんだから」

あたしは早速行動を開始した。

具体的には、スマホを手に取って、あ、の、人、の下へとMINEのメッセージを飛ばしたのだ。

〝麻世さん、水着を選んでください〟

二枚目　海と猫と恋バナ

♠

長い、一週間だった。

子どもみたいで恥ずかしい限りだが、待ち遠しいとはこのことか、としみじみ思った。

夏休み前の変則的な授業スケジュールに浮き足立つ教室の空気を肌で感じながら、その日が来るのを待つのは、たいへんに長く感じたのだ。

だが、とうとうやって来た。

待望の夏休み——そして、約束の日が！

だけど……

「……なにをやってるんだ、俺は」

俺が呟くのと同時に、背後でぷしゅるるる、と音がして電車が発車する。

やけに短い電車は、青々と茂った草木の合間を縫い、そのままトンネルの闇へ消えていく。

次にこの無人駅に電車が通るのは、おおよそ1時間半後だ。

「はぁ〜〜〜っ……」

深い溜息を吐きながら腕時計を見やる。

何度見ても、時刻は午前の7時半を少し過ぎたところであり、皆と約束した待ち合わせの時間まであと2時間近くある。

本当にお前は何をやっているんだという感じだが、恥を忍んで説明しよう。

佐藤さんとの海に興奮しすぎた俺は、早朝（というよりほぼ夜）に目覚めてしまった。

そしてばっちり目は冴えてしまっていて、どうしたものか、とそんな時に思いついたのが、

「そうだ！　早めの電車に乗り込んで先に緑川駅で待っていよう！」

――ご存じの通り、寝不足で若干思考がおかしくなっている。

だから自らの愚策に気が付いたのも、緑川に着くほんの二駅前でのことだ。

「こんな朝早く緑川に着いて、どうするつもりだよ……」

――緑川は有名な観光スポットだ。

エメラルド色に澄んだ海は国の名勝に選ばれるほどで、シーズンになると県内外問わず海水浴客が訪れる。道路脇にずらりと並んだ車はもはや夏の風物詩だ。

しかし裏を返せば、それ以外は何もない。

無人駅と一体化した道の駅、展望台、あとは寂れた民宿が道沿いにぽつぽつと並ぶだけ。

コンビニやスーパーなんてもってのほか、自販機を見つけるのさえ一苦労という有様で。

そんなところへ、朝の7時半に放り出されてしまったのだ。

「道の駅が開くのは……10時、か……そりゃそうだよな」

自動ドアに印字された開店時間の表記を見て、がっくり項垂れた。

道の駅の中には、簡単な飲食スペース（道の駅側はカフェと言い張っている）がある。

そこで時間を潰そうと思ったのだけれど、どうやらそういうわけにもいかないようで。

かといってこんな時間から〝かなみ〟に押しかけるのも、花波おばあちゃんに迷惑がかかる。

「……海でも眺めようか」

結局のところ、それぐらいしかすることがない。

俺は一つ大きな欠伸を吐き出して、渋々と歩き出した。

鼻孔を抜ける潮の香り、遠くから聞こえてくるカモメの鳴き声、潮風にはためく民宿ののぼりたち。

なにもかもが記憶のまま変わらない緑川を眺めて、感傷に浸りながら歩いていると……

「……えっ」

呼吸が、止まった。

けだるげな眠気もすっとんで、世界そのものが止まったような、そんな錯覚を覚えた。

だって、あんなに綺麗なものを見るのは、生まれて初めてだったんだから。

俺は視線を釘付けにしたまま、彼女の名前を口にした。

「さとう、さん……」

それはとても、不思議な光景だった。

何もかも子どもの頃の記憶のままの緑川に佐藤さんがいる。

麦わら帽子をかぶった佐藤こはるが、白いワンピースを風にはためかせながら物憂げな表情でエメラルドグリーンの海を眺めている。

ただそれだけのことなのに、セピア調の風景の中でまるで彼女の周りにだけ色がついたような、そんなある種夢でも見ているような感覚に陥って、俺はしばしその場で固まってしまった。

そして固まる身体とは裏腹に、思考が急速にめぐり出す。

——ワンピースだ。佐藤こはるが、ワンピースだ。

先ほどまで頭の中のほとんどを占めていたノスタルジックな気持ちが、ノースリーブから覗く抜けるように白い二の腕に一瞬で上書きされてしまった。

「やっぱ……」

無意識のうちに、声が漏れた。

どうやらワンピースにＩＱを一〇〇ぐらい持っていかれてしまったらしい。

だって仕方がない！　佐藤さん＋麦わら帽子＋夏らしくいかにも涼しげな生地の白い開襟ワンピース！

透明感、清楚感、そして時折顔を覗かせる佐藤さんの女性らしさ——あまりにも計算し尽くされている！　一瞬、本気で目の前に天使が降りてきたのかと思ってしまったほどだ！

……あのコーディネートは間違いなく麻世さんの仕業だな、と直感で理解した。

感謝の気持ちが半分、そして恨みがましい気持ちが半分、何故なら……

「っ……！」

話しかけられない！

今、動いて喋る佐藤さんと真正面から向き合ってしまえば、悲惨なことになるのが確信としてあった。佐藤こはるのワンピース姿というのは、それほどまでに破壊的だったのだ。

強張る身体とは裏腹に、内心では嵐のようなパニックである。誰か助けてくれ!!

――そんな情けなさすぎる心の叫びが天に届いたのだろうか。

永遠に続くと思われた硬直状態（硬直していたのは俺だけなのだが）は意外なかたちで破られることとなった。

佐藤さんの陶器のように美しい横顔が、ふいにくしゃりと歪んで……

「ふわぁ……」

――大欠伸だ。

まるで猫のような、人目をはばからない欠伸。

そして指先で眼をこする彼女を見て、さっきまでの物憂げな表情がただ眠かっただけなのだと知り、俺は思わず「……ふふっ」と噴き出してしまった。

すると佐藤さんはゆっくりと振り向いて、こちらに気付くなり、眠たげな眼をこれでもかと開いて、大きく後ろに仰け反る。

「おっ、押尾君っ!?」

そのお手本のようなリアクションに、思わず頬が緩んだ。

もう、先ほどまでの緊張はない。

「……おはよ、佐藤さん、ずいぶん早いね」

「えっ、ああっ、そ、その……さっ、さっき来たばっかりだかりあっ!!」

これまたド定番の台詞が飛び出してきたが、噛み噛みだった。

そして自分でも恥ずかしくなったのか、顔を赤らめてワンピースの裾を握っているところも
いかにも彼女らしく、さっきまでの……いや、今までの葛藤が馬鹿らしくなってしまう。

そうだ、俺と佐藤さんは両想い——つまり佐藤さんだって、俺と一緒なんだ。

「何時の電車できたの？」

「さ、さっきの電車で……」

「俺はそれで来たけど」

佐藤さんは、尖らせた口をいかにも恥ずかしげにもそもそと動かして、

「……嘘です、始発で来ました……」

途端、今にも蒸気でも噴き出しそうなほどに紅くなってしまう。

「その……なんといいますか……舞い上がっちゃって……」

「……寝れてない？」

注視していなければ分からないほど小さく、こくりと頷く佐藤さん。

「ちなみに、何してたの？」

「……うみ、眺めてました……」

「まぁ、それぐらいしかないもんね」

恥ずかしさのあまりか、さっきからちょくちょく謎の敬語が挟まれていることについてはツッコまなかった。

その代わりに、俺は佐藤さんの横に並んで、エメラルドグリーンの海を眺めながら……

「ふわぁぁ……っ」

佐藤さんに負けじと、大きな欠伸を吐き出す。我ながら見事な欠伸で、それまで顔を伏せっぱなしだった佐藤さんも思わず顔を上げたほどだ。

そして俺はさっき佐藤さんがやったように、眠い目をこすりながら彼女へと微笑みかけた。

「……実は俺もなんだよね、海、楽しみすぎて全然寝られなかった、おかげで寝不足」

「えっ……」

「このままだと寝ちゃいそうだし、皆が来るまでおしゃべり、付き合ってもらえないかな？」

欠伸には、なにか不思議な力でもあるのかもしれない。

それまで羞恥に悶えていた佐藤さんは、たちまちぱあぁっ、と顔を明るくさせて、

「う、うんっ！　おしゃべり、する！」

まるで子どもみたいに無邪気に、そう答える。

……やっぱり佐藤さんは可愛いな。

こればっかりはまだ恥ずかしさが勝ってしまって言えなかった、そんな時だ。

「あっ」

俺は佐藤さんの背後にあるものを見つけて、声をあげる。

佐藤さんが振り返るよりも早く、ソレは見た目にそぐわず軽い身のこなしでたんたんと跳ね、俺と佐藤さんの間に割り込んできた。

丸々と太った、白猫であった。

「わっ、猫！」

「そういえば緑川ってやたら野良猫が多かったっけ……」

おぼろげながら、緑川によく遊びに来ていた頃は何度も野良猫と戯れた記憶がある。緑川は海水浴場だけでなくもちろん漁も盛んなので、その所為だろうか？

ともかく、佐藤さんは白猫を見てきらきらと目を輝かせながら……

「かっ、かわいいっ……！」

……そうかな？　俺は少しだけ首を傾げた。

俺は特に動物が嫌いなわけではなく、むしろ好きな方だとは思っているが、この猫はなんというか……実にふてぶてしい顔をしている。

　いかにも「俺はこのド田舎で生き抜いてきたんだぞ、人間なんかに媚びるものか」って感じ。

　野性味に溢れる風貌で、お世辞にも一般的に〝可愛い〟と評される猫にはほど遠い。

　でも、佐藤さんの〝キラキラ目〟には、それがたいそう愛らしく映るらしく……

「……撫でたい」

「えっ？」

「撫でても、いいかな!?」

　佐藤さんが今にも噛みつかんばかりの勢いで言う。

「べ、別にいいと思うよ……」

「やった！　じゃあっ……！」

　言うや否や、その場にしゃがみこんで、白猫へと手を伸ばす佐藤さん。

　しかし、

「あれっ」

　避ける。

「ちょ、ちょっと……」

　避ける。

「一回だけでいいからっ……！」

毛の一本すら触れさせてくれない。

佐藤さんの怒濤の追撃もなんのその、白猫は身軽な動きで、これを躱しまくる。

そしていかにも興味なさそうにこちらを一瞥すると、くわぁぁっ……っと大きな欠伸を一つ。

ふ、ふてぶてしい……！

「……っ！　……っ！」

こちらを振り返った佐藤さんが、フグみたく頬を膨らませて、声にならない抗議を始める。

俺は苦笑を浮かべながら、自らのスマートフォンを取り出して……

「……せめて写真を撮らせてもらうっていうのはどう？」

「!!　押尾君天才っ!!」

こんなバカなやり取りをする俺たちを嘲るように、白猫はもう一度大きな欠伸を吐き出した。


――SNSと猫は、たいへん親和性が高い。

大雑把に言ってしまえば（生き物にこういうことを言うのもいかがなものかと思うが）猫は、映える。

理由については諸説あるが、日夜ネットに溢れかえる愛くるしい猫画像の数々を見る限り……端的に、みんな疲れているんだと思う。

しかし、溢(あふ)れかえっているからといって写真を撮ることが簡単とは限らない。

むしろ猫の撮影は比較的難しい部類に入る。

理由は単純で——猫は、動くのだ。

「ああっ!?」

ぴこん、というカメラアプリのシャッター音と佐藤(さとう)さんの悲鳴が重なった。

白猫がシャッターを切る瞬間を見計らったかのようにそっぽを向いて、前脚で顔を洗い出したのだ。

またも失敗、である。

「……!」

佐藤さんはスマホのディスプレイに映し出されたブレブレの白猫を数秒ほど見つめたのち、弾(はじ)かれたようにこちらを見上げて、潤(うる)んだ瞳(ひとみ)で何かを訴えかけてくる。

……俺に言われても。

「だ、誰がやっても、こんなものだと思うよ……佐藤さんがヘタってわけじゃないよ……」

ひとまず当たり障りのない言葉でフォローを入れてみたのだが……佐藤さんはすこぶる不服らしい、つんと口を尖(とが)らせている。

「ミンスタでは、皆うまく撮れてるもん……」

「野良と飼い猫じゃ人への慣れ方が違うからね」

「……」

「あと、やっぱり生き物だからどうしても好き嫌いもあるし……まぁ、逃げ出さないあたり、本気で嫌がってはなさそうだけど……」

「……りたい」

「えっ？」

「私も、撮りたいっ……！」

切実すぎる。今まで見てきた中で、一、二を争うぐらい真剣な表情かもしれない。

「そう言われても……」

俺はちらと白猫を見やった。

彼（彼女？）は、そのでっぷり太った身体をひび割れたアスファルトへ横たえながら、実に呑気に前脚を舐めている。ゆらゆらとくねる尻尾が、まるでこちらをおちょくるかのようだ。

……見れば見るほどふてぶてしい猫だな。

「……俺も生き物を撮るのはそんなに得意じゃないよ」

「私よりは上手いもん！」

「いや、それはそうだろうけどさ……」

何の気なしに答えてから、はっとなって彼女の方を見やる。

——まずい、完全に油断していた。

今の失言をきっかけに、佐藤さんの癇癪の矛先がこちらに向けられてしまった！

「あっ……佐藤さん、今のはっ……！」

「……やっぱりヘタだと思ってたんだ……」

そこまでは言ってない！　という言葉が喉まで出かけたが、なんとか呑み込んだ。

何故ならば佐藤さんはわなわなと肩を震わせながら、今にも爆発寸前、といった様子で――

「――う、うん！　分かった！　教えるから！　撮り方！」

「ホント!?」

佐藤さんの表情が途端にぱああっ、と明るくなる。

……まさか謀られた……？

まるで手品のような早変わりに若干の疑問を抱きつつも、ひとまずは嵐が過ぎ去ったことに
俺はほっと胸を撫で下ろした。

ともかく、気を取り直して。

「一応言うけど、本当に、詳しくないからね」

俺はそう前置きをして、彼女の背後へ回り込む。

「へ？」

佐藤さんが間の抜けた声を上げるが、少しでも躊躇すれば確実に恥ずかしさに負けてしま
う自信があったので、すかさず彼女の後ろから腕を回した。

そして、覆いかぶさるように上から手を重ねて、スマートフォンを支える。

たちまち後ろからでも分かるぐらいに佐藤さんの顔面が真っ赤に染まった。

「おっ……おおおおっ、押尾君っ！！？」

咄嗟に俺の名を叫び、振り返ろうとする佐藤さん。

しかし横目に見て、思いのほかお互いの顔の距離が近いことに気が付いたらしく、そのまま凍り付いたように固まってしまう。

彼女の熱い吐息が俺の手の甲をなぞって、一瞬どうにかなってしまいそうだったが、そこはなんとか、理性をもって押さえつけた。

煩悩退散、煩悩退散……

俺は何かを言われる前に、あ、あの日と同じセリフを口にする。

「……こうやって同じ画面見たほうが、教えやすいでしょ……佐藤さんピントも合わせられないんだから」

……そう、これはあの日と全く同じシチュエーションだ。

俺と佐藤さんが初めて〝cafe tutuji〟で出会い、佐藤さんに写真の撮り方を教えたあの日の。

でもこうしてみると……改めてあの日の俺、すごいな。

一度、いや二度やったのだから三度目も大丈夫だろう、ということで思い切ってもう一度やってみたけど――これ、死ぬほど恥ずかしい。

本当に、なんであの日の俺、こんなことができたんだ？　緊張のあまり脳のブレーキがぶっ壊れてしまっていたのだろうか？

とにもかくにも、これは……シャレにならないぐらい恥ずかしい！

「……っ」

お互いの無言が、余計に羞恥心を増幅させる。

恥ずかしさによって熱を持つ顔面、つまらなさそうに欠伸をする猫、遠くのカモメ、夏の太陽、震える佐藤さん、潮風に乗ってほのかに香るシャンプーの甘い香り……

なけなしの理性が揺らぎまくっていた。

……やめろ！　変なことを考えるな押尾颯太！　俺は今、ただ佐藤さんと一緒に猫の写真を撮ろうとしているだけだ！

いつも通り、いつも通りに……スマホの画面に集中して……

「……まず、動物を撮る時は視線の高さを合わせて」

「——ひゃっ⁉」

俺が喋り始めるのとほぼ同時、佐藤さんが甲高い悲鳴をあげて、びくりと跳ねた。

それがあまりにも突然だったため、俺もまた「うわっ⁉」と悲鳴をあげてしまう。動悸がすごい。

「きゅ、急にどうしたの佐藤さんっ……⁉」

「だ、だってみみっ、耳元で、押尾君の声がっ……その……っ」

そこまで言って、ごにょごにょと言葉を濁す佐藤さん。

しかし言わんとしていることは分かってしまって、俺はいっそう顔を赤らめる。

「っ……！」

本当に、佐藤さんが正面を向いていてくれて助かった。

煩悩退散、煩悩退散、煩悩退散……！

俺は頭の中で何度も繰り返して、再び講義を再開する。

「ふ、フラッシュは極力焚かないように、猫の目に悪いし、自然光の方が雰囲気出るから」

佐藤さんがびくりと肩を跳ねさせて、僅かに背中を丸めた。

さっきのがよっぽど恥ずかしかったのか、どうやら必死に声を押し殺しているらしいが、彼女の口から洩れる熱のこもった吐息が腕をなぞって、一瞬意識が飛んだ。

ヤバい、これはヤバい、本当にっ……！

「そっ、それで、猫みたいに目の大きな動物を撮る時は目にピントを合わせて、光を映り込ませると、すごく生き生きした写真になって、これをキャッチアイって言うんだけど……！」

「でっ、でも……」

佐藤さんが震える声で言う。

「あの子、全然、こっち向いてくれないよ……」

そう、肝心の白猫は我関せずといった風に毛繕いに夢中で、こちらを振り向く気配すらない。スマホのレンズが捉えるのは、規則的に上下する太った猫の後頭部だけだ。これでは写真が撮れない。

写真が撮れなければ、勿論ずっとこのままの体勢で。

しかしながら俺は、さっきの佐藤さんの切なそうな声を間近で聞いたせいでとっくに限界を超えていて。

——だから、奥の手を使わせてもらうことにした。

「佐藤さん、シャッターは任せたからね……！」

俺は大きく息を吸い込み、くっと喉を締め、舌を丸めて、そして——

『にゃああ』

渾身の、猫の鳴きまねをした。

これにより、今まで毛繕いに執心していた白猫もぴくりと耳を立て、こちらを振り向く。

そして訪れる絶好のシャッターチャンス——

「佐藤さん、シャッター切って！」

しかし、佐藤さんはシャッターを切らなかった。

それどころかスマホの画面すら見ていない。

こちらへ振り返って、なんだか呆気にとられたような表情で俺を見つめている。

「……えっ？」

「……」

「……佐藤さん？」

「……」

「なんで黙ってこっち見てるの……？」

「…………回やって」

「はい？」

「さ、さっきのもう一回やって!?」

途端、佐藤さんはさっきまでのしおらしさが嘘のように、猫さながらの身軽さで身体を翻して、そのままぐいぐいと距離を詰めてくる。

今や彼女の黒目がちな瞳は猫よりも丸く大きく開かれて、そしてびっくりするぐらいキラキラと輝いていた。いわゆるキャッチアイ、である。

――なんで猫より佐藤さんの方が食いついてるんだよ！

「ねねねねね!!　押尾君！　お願いもう一回！　もう一回さっきのやって！」

「やだよ!?　撮るのは猫でしょ!?」

「お願いお願いお願いっ!!　だって今のすごく猫っぽかったんだもん!!　次は動画で撮るから!!」

「絶対ヤダ!!」

逃げようとする俺。対するは、なにか変なスイッチが入ってしまったらしく、これを逃がすまいと一気に距離を詰めてくる佐藤さん。

しかしお互いしゃがんだままという不安定な姿勢だったため、足元がもつれてしまって——

「うわっ!?」

「ひゃっ!?」

バランスを崩し、俺は仰向けに、佐藤さんはそれに覆いかぶさるかたちで倒れてしまう。

鈍い衝撃とともに視界が空の色に染めあげられ、そしてそこで初めて——いったいいつからそこにいたのか——俺たちを背後から見下ろす少女の存在に気が付いた。

「……」

歳は俺や佐藤さんと同じぐらいだろう。

染めているらしい、明るい金髪を後ろで結い上げてポニーテールにしている。

気の強さを感じさせる細くて吊り上がった目、小麦色に焼けた肌、そしてTシャツにデニムのショートパンツといういかにも動きやすさを重視したような服装。

耳にきらりと光る小さなピアスを見つけて、「ヤンキー」なんて時代にそぐわない単語が頭の中に浮かんだ。

彼女を見上げて、もつれあったまま固まってしまう俺と佐藤さんであったが、これに対して

彼女は、不信感たっぷりに低い声で言う。

「……さっきからウチの猫に何してんのアンタら」

俺と佐藤さんは、お互いに顔を見合わせた。

「イナカなんて住むもんじゃねえよなー、マジで、特に海沿いはサイアクだ」

——村崎円花。

自らをそう名乗った金髪の彼女は、低い声で言いながら白猫の背を軽く撫でた。

白猫は丸々と太った腹をアスファルトの地面に横たえて、いっそうふてぶてしい顔を晒している。

「コンビニもゲーセンもねえ、服一着買うにも桜庭まで車で30分、潮風のせいで髪は傷む——おまけにこの時期になると浮かれ野郎どもが集まってきて、昼も夜も関係なしに好き放題騒ぎまくるんだ、どうせ自分の住むところじゃねえと思ってさ」

そう言って、村崎さんはじろりと俺たちをねめつけてきた。

佐藤さんときたら、完全に〝人見知りモード〟を発揮してしまっており、俺の後ろでこれでもかというくらいに縮こまっている。

村崎さんはそんな彼女をしばらく見つめて、一つ溜息を吐き出した。

「レオ」

「……はい？」

「だからレオ、コイツの名前」

「レオ……」

俺は今一度、白猫を見下ろした。

どう見てもレオなんて雄々しい風貌ではないが、ともかくそれが彼の名前らしい。

「で、アンタたちは？」

「えっ？」

「名前だよ名前、アタシらは名乗ったんだけど」

彼女の言葉に同意するように、レオが低い鳴き声をあげる。

そうだ、彼女に圧倒されるあまり、すっかり自己紹介を忘れてしまっていた。

「そ、颯太、押尾颯太、高二です」

「なんだタメじゃん、じゃあその敬語やめろよ、気持ち悪い」

き、気持ち悪いって……

「そっちのは？」

そこはかとなくショックを受ける俺のことなんて知らぬ存ぜぬ、彼女は縮こまる佐藤さんを顎で指した。佐藤さんは大袈裟なぐらいびくんと肩を跳ねさせて、一声。

「こっ、こはるです！　佐藤こはるですっ!!」

……すさまじく声が裏返っていた上、あまりの大声量でこちらの鼓膜が破壊されるかと思ったが、佐藤さんにしてはよく頑張った方だ。

彼女としても持てる限りの勇気を振り絞ったらしく、言い終えるなり、すぐに再び俺の陰へと逃げ込んでしまった。

一方で村崎さんは「ふうん」とさして興味もなさそうに言い、さらに尋ねてくる。

「二人は海水浴かなんか？」

「……そんなところだけど」

「ま、それ以外の目的でこんな辺鄙なとこ、来ないわな」

こんな辺鄙なとこ、という物言いに俺は少しむっとしてしまう。

不思議なもので、自分ではことあるごとに「田舎田舎」と言っていても、他人の口から馬鹿にされると、つい反発したくなるものなのだ。

「でも、半分は里帰りみたいなものだよ」

「里帰り？」

村崎さんがそこで初めて興味を示したように、けだるげな眼を丸くした。

「……もしかしてアンタ、緑川の出か？」

「正確には違うけど、大伯母がまだ民宿をやってるはずで……〝かなみ〟って、知らない？」

「――ああ！」

村崎さんがぽんと手を打つ。

「カナ婆の親戚かよ！　うわ、なんだよ先に言えばいいのによ！」

先ほどまでのローテンションとは一転して、突然声音を明るくする村崎さん。

それどころかこちらへ身体を寄せ、ばしばしと背中を叩いてくる。

痛い。そしてこの距離の詰め方、異文化すぎる。佐藤さんなんてほら、カルチャーショックで怯え切ってしまって、リスみたいに丸い目をふるふると震わせているじゃないか。

でも、やっぱり彼女にそんなこと気にした様子は微塵もなくって。

「ソータはもうカナ婆と会ったのかよ？」

いきなりの呼び捨てに少し困惑してしまうが、俺はなんとか答える。

「い、いや、あんまりにも早く着きすぎちゃったから、迷惑かと思ってまだ民宿の方には行ってないけど……」

「はぁ？　なんだそりゃ、変な遠慮すんなよ孫なんだろ？」

「いや、花波おばあちゃんは祖母の姉で……」

「こまけえな、ほら連れてってやるよ、カナ婆喜ぶぞ～」

「ちょっ、ちょっと……!?」

おもむろに肩を組まれて、半ば強引に連行される。

その際、Tシャツ越しからも分かる、彼女の大きな胸が俺の背中に密着してしまい……

「どっ!?」

……ちなみにこの奇声は俺が発したものではなく、当然村崎さんでもない。

後ろで震えていた佐藤さんの口より発せられたものだ。

「……あん？」

これにはさすがの村崎さんも驚いたようで、両目を丸くして振り返る。

俺もまた同様に振り返って佐藤さんを見ると、彼女は一度びくりと肩を震わせ、そしてリスのようにちょこちょこと小走り。

固まる俺と村崎さんの間に素早く割って入ると、背伸びをして俺の肩へ腕を回す。そして俯きがちに、今にも消え入りそうな声でぼそりと一言。

「だ、だめなんですけどぉ……」

俺は咄嗟に口元を押さえた。

理由は……恥ずかしいのであえては説明しないでおく。

ともかく村崎さんはそんな彼女を見下ろし、目をぱちくりさせると、おもむろに噴き出して、言った。

「面白いな、ソータのカノジョ」

もじもじと身体をよじりながら、無理な体勢で肩を組んでくる佐藤さんを見下ろしていると、村崎さんは今までで一番力強く俺の背中をばしんと叩く。

「はは、別に取って食ったりしねーよ。でもま、そういうことなら道案内は任せるわ、えーと、コハル？」

佐藤さんは潤んだ瞳で恐る恐る彼女を見上げて、こくりと頷いた。

重ねて言うが、これでも彼女にしては勇気を振り絞っている方なのだ。

その証拠に、これでもかと密着してくる彼女の身体は熱を持っており、そしてやはり小刻みに震えていて――ヤバい。

「む、村崎さんは、花波おばあちゃんとどういう関係？」

なんとか意識を逸らすために、村崎さんへと質問を投げた。

すると彼女は一瞬きょとんとした表情になり、やがて何が面白いのかけらけら笑いながら答える。

「カナ婆の親戚なら知ってんだろ、こんな田舎じゃあ、皆顔見知りなんだよ」

「……なるほど」

「ちなみにアタシはすぐそこの道の駅でバイトしてて、これから出勤するところだったんだけど……まだ開店まで時間あるからついてくわー、ほらさっさと行こうぜ」

選択肢とか、ないんだ。

なんて心中呟く俺のことは例のごとく知った風もなく、ずんずんと〝かなみ〟に向かって歩き出す村崎さん。

そんな彼女の揺れるポニーテールを眺める俺の中には、ある種の妙な感覚が芽生えていた。

……なんだろう？　彼女、初めて会ったはずなのに、どうしてか初めて会った気がしない。

いや、確実に村崎（むらさき）さんと会うのは初めてなんだけど、なんというか、あの子に似た雰囲気の誰かを、俺は知っているような気がする。それほど遠くはない、すごく身近なところで……

……いや、気のせいか。

そんなことより、早く俺たちも〝かなみ〟に向かわなくては。

そう思って、未（いま）だ俺と肩を組む佐藤（さとう）さんへ声をかけようとしたところ……

「うわっ⁉」

俺は、思わず悲鳴をあげてしまった。

何故（なぜ）ならば、佐藤さんは頭からしゅうしゅうと蒸気を噴きだしながら、熱した石炭もかくやというほど顔を真っ赤に染めていたからだ。

……ってか熱っ⁉

「そこまで無理しなくて良かったのに……！」

「……」

結局、俺がのぼせてしまった佐藤さんに肩を貸して〝かなみ〟まで引っ張っていく羽目になったのは言うまでもない。

──〝かなみ〟は緑川(みどりかわ)の海沿いに並ぶ民宿のうちの一つだ。

ぱっと見はただの民家だが、店先には〝営業中〟〝岩ガキ〟〝刺身定食〟と、三本ののぼりが潮風にはためいている。

そして看板には色褪(いろあ)せた〝民宿かなみ〟の文字。

「……全然、変わってないな」

一〇年前と何一つ変わらない〝かなみ〟の店構えにノスタルジーが刺激され、ぽつりと独(ひと)り言(ご)ちた。

「ここが押尾(おしお)君の……」

何か思うところがあったのだろう。

横に目をやると、佐藤さんが〝かなみ〟を見上げて、感慨深そうにほうと息を吐くのが見えた。

そんな反応がなんだか嬉(うれ)しくて、俺は改めて〝かなみ〟を見つめる。

……本当に、何一つ変わっていない。

褪せたクリーム色の外壁も、黒いのれんも、そしてくすんだガラス戸も。

未だに信じられない。花波(かなみ)おばあちゃんが、ここを閉めるだなんて……

なんてしみじみ感じ入っていると、ガラス戸の前に立った村崎さんがおもむろに右足を引いて──

「よっと」

ガシャアン！　とガラスの震える音が鳴り響いて、俺も佐藤さんも跳び上がるほど驚いた。

あまりに突然のことすぎて反応できなかったが――どういうつもりか村崎さんがガラス戸を爪先で蹴り上げたのだ。感傷なんて一瞬にして吹っ飛んでしまった。

「んー、もうちょい右か……」

後ろで目を丸くする俺たちのことなんて気付いてすらいないようで、村崎さんは再びゆっくりと足を引いた。

「いや何してんの⁉」

「うわっ⁉」

俺は反射的に村崎さんへ飛び掛かり、後ろから羽交い絞めにする。

これにはさすがの彼女も驚いたようだったが、こっちの方がよっぽど驚いている！

「お、おまっ⁉　いきなりなんだよ！」

「こっちの台詞だ⁉　いきなり人ん家の戸を蹴り上げるやつがいるか⁉」

「馬鹿！　これは……！　というかいい加減離せよ！」

拘束を振りほどこうと村崎さんが身をよじる。

しかしがっちりとホールドしている今の状況で、それはむしろ逆効果だ。

「あっ――」

案の定、互いの足がもつれ合い、大きくバランスを崩してしまう。

──倒れる！

「おっ、押尾君!?」

ゆっくりと後ろへ傾いていく視界の中で、こちらへ駆け寄ってくる佐藤さんを見たが……いかんせん全然間に合っていなかった。

俺が村崎さんの下敷きになって「ぐっ」と小さく呻いたのち、だいぶ遅れてやって来た佐藤さんが村崎さんの上へ覆いかぶさり、俺はもう一度「ぐぇ」と呻く羽目となる。

かくして〝かなみ〟の玄関先に積み重なるマヌケサンドイッチの完成だ。

……傍から見れば、どれだけ滑稽な画だろう。

「押尾君……だいじょうぶ……？」

「だ、大丈夫だよ佐藤さん……あとは早めにどいてくれると、嬉しいけど……」

「いってぇ……お前がいきなり抱き着いたりするから！」

上に乗っかった村崎さんから脇腹へ追撃の肘を入れられた。ぐぅっと呻く。

確かに、咄嗟のこととはいえ年頃の女子をいきなり羽交い絞めにしたのはいかがなものかとは思うけど、それにしたって理不尽だ。

「元はといえば、村崎さんの奇行が原因なのに……」

「ちげえよ！　〝かなみ〟の戸は建て付けが悪いから、一度蹴りを入れないと……」

その時、村崎さんの弁明を遮るようにガゴッ！　と嫌な音を立ててガラス戸が外れた。

何事かと思ってサンドイッチの最下段から見上げてみれば、そこにはこちらを見下ろす老婆の姿がある。

「あっ……！」

俺は思わず声をあげた。

曲がった腰に、浅黒く焼けて皺だらけの肌、そして頭のてっぺんでまとめ上げた白髪。

しかして寄る年波を一切感じさせないその力強い眼光は――間違いない！

「花波おばあちゃ」

――まで言ったところで、シワシワの手のひらで頭をはたかれた。

骨ばっている分、かなり痛い。

「～～～っ！！？」

悶える俺を見下ろして、花波おばあちゃんは魔女みたいな鷲鼻をふんと鳴らし、言う。

「だから昔から言ってるだろ、アタシはアンタの婆ちゃんじゃない」

「花波おばさん……っ！」

「よろしい」

……花波おばあちゃん改め花波おばさん。

おばあちゃんと呼ばれることを嫌う、その妙なこだわりは今もなお健在のようだ。

そして花波おばあちゃんは、次に村崎さんをじろりとねめつけて……

「いだっ!?」

染めた金髪と伸びかけの地毛でプ、リ、ンになっている頭へ一撃。

身の詰まったスイカを叩いたような鈍い音が、こちらまで聞こえてきた。

「なっ、なにすんだババア!」

「うるさいんだよ朝っぱらから！　あとババアじゃないよ小娘！　花波お・ば・さ・ん・だ！」

村崎さんが犬歯を剝き出しに食ってかかるが、花波おばあちゃんも負けていない。老人とは思えないほどすさまじい剣幕で村崎さんと張り合っている。

村崎さんがマヌケサンドにされていなければ、今にも取っ組み合っていたことだろう！

なんだよ……〝かなみ〟を閉める、なんて言うものだから心配していたのに……花波おばあちゃん、元気いっぱいじゃないか！

「……おや?」

今にも火花が散りだしそうな睨みあいの最中、花波おばあちゃんがふと、村崎さんの上に覆いかぶさる佐藤さんを見た。

随分前から小刻みに震えていた佐藤さんは、花波おばあちゃんの視線を感じるや否や「ヒッ!?」と短い悲鳴をあげて、自らの頭を守る。

今の流れから次は自分だと思ったのだろう。

しかし違う。花波おばあちゃんは値踏みでもするかのように、じろじろと佐藤さんを見つめて……「あぁ！」と手を打つ。

「アンタがこはるちゃんか！」

言うや否や、花波おばあちゃんは佐藤さんの両脇を抱えて、信じられない力強さでそのまま彼女の身体を持ち上げてしまったではないか。

佐藤さんはといえば完全にされるがままで、花波おばあちゃんに抱えられるその姿はどこか子猫のようである。

「は、はい、そうです、こはるです……」

佐藤さんが震える声で答えたのを合図に、花波おばあちゃんの表情がぱあっと明るくなる。

先ほどまでの般若の形相がまるで嘘のような、大輪の笑顔であった。

「まぁまぁまぁ！　遠いとこからわざわざ！　お人形さんみたいでめんこいねぇ！　――〝かなみ〟へようこそ！　こはるちゃん！」

――これはゆゆ、ゆゆ、ゆゆしき事態だ。

〝ゆゆしき〟なんて表現、たぶん私は生まれて初めて使ったけれど、ともかくそれぐらいのピンチだ。

私、佐藤こはるは窮地に追いやられていた。

「……」

中身を綺麗に抜かれた渦巻き状の貝殻が、からからと音を鳴らしながら色褪せたボウルの底へと転がり落ちる。

ボウルの底に溜まった巻き貝の、ぽっかり空いた口を見下ろしながら「あの中に入りたい」などと考え出すぐらい、私は参っていた。

だって今、テーブルを挟んだ向かい側には……

「コハルさぁ」

「は、はいっ⁉」

唐突に名前を呼びかけられて、私は弾かれたように顔を上げた。

見ると、胡坐をかいた彼女がこちらを睨みつけている。

いや、彼女としてはきっとこちらへ視線を送っているだけなんだろうけど、いかんせん目つきが鋭いのでそう感じてしまうのだ。

――村崎円花。

どういうわけか今、私は民宿〝かなみ〟の座敷席で、彼女と向かい合って座っている。

押尾君はおろか店主である花波さんの姿さえ、ここにはない。

それもそのはず、あのサンドイッチ事件のすぐ後、花波さんが「力仕事があるから手伝え」と言って、半ば無理やりに押尾君をどこかへ引っ張っていってしまったからだ。

ゆえの一対一。

ただでさえ人見知りの私が、よりにもよってこんな怖そうな人と……

ほんの数十分前まで「夏だ海だ」と浮かれていた自分が嘘のようだ。

助けて押尾君……

「……」

風鈴の音と、窓の外から聞こえてくる潮騒、カモメの鳴き声、そして再びからからと貝殻の転がる音。

もしやこの時間が永遠に続くのだろうか……

そう思った矢先、村崎さんは爪楊枝を咥えたまま、どこか不機嫌にも聞こえる低い声で言った。

「食わねえの？」

村崎さんの視線が、テーブル中央を陣取るもう一方のボウルを指す。

花波さん曰く、バイ貝の煮つけ、というらしい。

去り際に「いっぱいあるから二人で食べな」とボウルに山盛りで置いていったのだ。

「美味いぞ」

と、村崎さんが一言、あごをくいっと動かした。早く食べろ、と言うことだろう。

私はヘタクソな愛想笑いを浮かべながら、これに答える。

「わ、私はいいよ……村崎さん全部食べちゃえば？　あははは……」

「こんな量一人で食えるわけねえだろ」

遠慮失敗。私はきゅむっ、と真一文字に口を縛った。

泣き出したりしなかったのは我ながら偉い。

「というか一人だけ食ってるの気まずいんだよ、食えよ」

「…………………はい…………」

これが恐喝……

私はひとまず相手を刺激しないよう、向こうの要求に従っておそるおそるバイ貝の一つを指でつまむ。

大きさは私の親指より一回り大きいぐらい。二枚貝ではなく、ソフトクリームみたいな渦巻き状の、いかにも貝！　って感じの貝だ。

正直に言うと、貝といえばしじみとあさりぐらいしか食べたことのない私にとってこの見た目はけっこう、ハードルが高い。カタツムリとかのイメージが先行してしまう。

……というか、本当にどうやって食べるんだろう？　これ。

貝殻の口にあたる部分に、フタがしてあるみたいなんだけど……

「え、ええと……？」

おそるおそるつまんだソレを、いろんな角度から観察してみる。

私にとっては、こうして素手で触るのだってなかなか勇気のいる行為だ。

でもこちらの様子を眺める村崎さんは、徐々に不機嫌そうな顔つきになっていって……

「……早く食えよ」

「だ、だってこれ、初めて見たから……！」

「はぁ～～～っ……」

目の前で深い溜息を吐かれて、私はいよいよ口をへの字にしてしまった。なんだかイジメを受けている気分だ。

「ちゃんと見てろよ」

村崎さんは、ボウルの中から無造作にバイ貝を一つ掴み取って手元へ寄せる。

そして、慣れた手つきでフタのスキマから爪楊枝を差し込むと、手首をねじるようにして――

つるん、と。

器用にもたった一本の爪楊枝で、あの渦巻きの中から丸々太ったクリーム色の身を引っ張り出したのだ。

「おぉ～っ……!?」

思わず声をあげて、ぱちぱちと拍手まで送ってしまった。

すごい、職人芸だ！

「こんなのどこがすごいんだよ……」

村崎さんが呆れた風に言って、身にくっついたフタを指で剝がして捨て、肉厚のソレを頬張る。また一つ、中身を綺麗に抜かれた巻き貝がからからとボウルの底へ転がり落ちていった。

「ほらもう分かるだろ、やってみろよ」

「う、うん！」

私は大きく頷いた。

バイ貝の見た目についてはともかく、先ほどの中からつるんと身を引っ張り出す所作がいかにも気持ちよさそうだったからだ。

さあ私もいざ！　つるんと！

なんて意気込み、村崎さんに倣ってフタのスキマへ爪楊枝を差し込んでみたところ、

「あっ」

爪楊枝が、ぺきりと情けない音を立てて折れる。

「おかしいな……？」

力を入れすぎたのだろうか？　と再度チャレンジしてみるも……

「あ、あれっ？」

また折れる。

「こ、これ、もしかして結構難しい……!?」

「何やってんだよ……力任せに引っ張り出そうとすんな、爪楊枝が身に刺さったら、こうだ」

こう、と村崎さんは掬(すく)い上げるように内側へ手首を回す。

「こう?」

三本目の爪楊枝を取り出して、村崎さんの見様見真似(まね)でトライ。

こう、手首のスナップを利かせる感じで……あっ。

ポキッ、という情けない音を合図に、また一つ貴重な資源を無駄にしてしまった。

「ヘタクソ」

「だ、だってこれ難しい……!」

あと、村崎さんに正面から見つめられて緊張してるってのもあるからね!?

なんて文句を心の中だけで呟(つぶや)いて(怖いので)いると……

「……しょうがねえな」

村崎さんが溜息(ためいき)混じりに言って、バイ貝を一つ手に取る。

そして相変わらず器用な爪楊枝捌(さば)きでつるんと中の身を取り出し、フタを指で剝がして捨て、おもむろにテーブルから身を乗り出すと……

「ほら」

私の口元へ、剝き身のバイ貝を突き出してきたのだ。

「えっ？　えっ？」

言わずもがな、私は困惑してしまった。

——これはいったいどういう状況？

どうして私は、初対面の女の子に「あーん」してもらっている？

いや、それよりこれ、本当に「あーん」？

村崎さんの鋭い目つきはとても「あーん」なんて感じじゃないんだけど……そもそも「あーん」ってなに!?　本当にこれ、この前押尾君にしてもらったのと同じやつ!?

あーん、のゲシュタルト崩壊が始まってしまった。

加えて村崎さんとの距離が物理的に縮まったこともあり、ただでさえコミュ障な私はもう爆発寸前である。

「……早く食えよ、この体勢疲れるんだよ」

そんなところへ村崎さんの低い声。

私にはもう、正常な判断能力なんて残っていなかったのだ。

「い、いただきますっ！」

意を決して、一口でぱくり。

それからおそるおそる、口の中のソレを嚙み締めてみると——目を見張った。

「美味しい……!?」

全く、新感覚の食べ物だった。

肉厚の身には程よく弾力があって歯が気持ちいい！

それによく味が染みていて、噛めば噛むほど磯の旨味が溢れてくる！

オクラみたいな独特のぬめりも口の中が楽しくて……とにかく美味しい！

「村崎さん！　これ美味しいよ!?」

「分かったから、もっと食えよ」

村崎さんは相変わらず不愛想だったけど、どこか満更でもなさそうだ。

やっぱり、馴染みの深い食べ物を褒められたのが嬉しいのかな……？

なんて思いつつ、私は手に持ったバイ貝へ視線を落とす。

バイ貝が美味しいと分かった今、やはり自分で「つるん」としたくなった。

無駄に爪楊枝をへし折ってきたわけじゃない。少しだけどコツは摑めた。

こう、引っ張り出すと言うよりは滑り出させる感じで、テコの原理で爪楊枝の先を少しだけ動かして……！

つるん。

「あっ！　で、できたぁ……っ！」

貝殻の中からようやく顔を出した肉厚の身を見て、思わず歓喜の声をあげてしまう。想像の三倍は気持ちが良かった！

それにこれ、村崎さんが取り出したものより長い！

クリーム色の身の先端部分から細くて黒いものがちょろっと伸びてとぐろを巻いている。

詳しくないけど、たぶん貝の渦巻きの先っちょの方まで綺麗に取れた、ということじゃないかな？

苦戦しただけあって感動もひとしおだ。

じゃあ、さっそく……

「いただきまーす！」

「あっ、コハル、それ……」

村崎さんが何か言いかけていたけれど、その時すでに私は戦利品を口の中へとしまい込んでいた。

そしてさっきみたいに奥歯で弾力ある歯触りを楽しもうとしたところ、なにやら異質な、むにゅっとした食感があり、遅れて……

「……」

じゃりっ、と砂を噛んだような嫌な食感があり、次にとてつもない苦味がやってきて、私は顔をしかめてしまった。

に、苦い……！

小さい頃間違えてサンマのおなかを食べてしまった時と同じ種類のアレだ……！

ぎゅっ、と顔にシワが寄る。

そんな私の苦貝を嚙み潰したような顔を見て村崎さんはぷっ、と噴き出した。

「尻尾は残せよ、って言おうとしたのに、水飲むか？」

「ぐだざい……」

私は濁った声で言いながら、「待ってろ」と台所へ消えていく村崎さんの背中を眺めて「村崎さん、意外といい人だなぁ……」なんてしみじみ思った。


「結局、コハルはどこまでいったんだよ」

私が夢中になってバイ貝を剝いていると（もちろんしっぽは丁寧に取り除いて）、村崎さんが唐突にそんなことを問いかけてきた。

……どこまで？

質問の意図が分からず、私は爪楊枝片手に首を傾げる。

すると、村崎さんは僅かに頰を赤らめながら、わざわざテーブルから身を乗り出し、こちらへ顔を寄せてきて……

「……カレシとだよ、言わせんな」

「カレシ……？」

カレシ、カレシ、彼氏……？

静寂の中、風鈴が三度ちりんと音を鳴らしたあとになって、私はようやく村崎さんの言葉の意味を理解した。

「お、押尾君はそういうのじゃないよっ!?」

「ちょっ、うるせえ！」

村崎さんがしかめっ面で両耳を塞ぐ。

つい大声で反射的に否定してしまったけれど、これは仕方のないことだ！

突然変なことを言い出した村崎さんの方が悪い！　うん、そうだ。

「そういうのって……付き合ってるんだろ？　コハルとソータ」

「つ、付き合ってるけど……」

「じゃあ、どこまでいったんだよ」

「そ、それは……」

言葉に詰まり、口をもごつかせる。

村崎さん、ただでさえ顔が怖いのに、そんなに怖い目で睨みつけないでほしい……

「説明しろ」

「そ、そのー……人様にお聞かせできるような話じゃ……」

「言え」

「言います」

低い声で凄まれて、光の速さで屈してしまった。

やっぱりヤンキーの人ってこういう色恋沙汰に興味があったりするのかな……

なんて偏見を胸に抱きながら、私はぽつりぽつりと今までの経緯を彼女に話し始めた。

入学試験の時に押尾君と出会って恋に落ちたこと。

それから〝cafe tutuji〟で怖いお兄さんたちに絡まれていた時、押尾君が助けてくれたこと。

それをきっかけにして二人でタピオカミルクティーを飲んだり、ロールアイスを食べたりしたこと。

押尾君に電話で告白されたこと、押尾君が私のためにお父さんを説得してくれたこと、自転車に二人乗りをして花火を見に行ったこと。

そして、そこで私が告白したこと――

ところどころ恥ずかしさに顔から火が出そうになったけれど、なんとか一部始終を話し終えた。

きっと、村崎さんはヤンキーだから（偏見）こういう経験も豊富で（偏見）私の拙い恋愛話なんてさぞやつまらなかったことだろう……

そう思って伏し目がちに、村崎さんの様子を窺う。

すると、彼女の反応は予想外のものだった。

「……」

テーブルに頬杖をついた彼女は、顔を真っ赤にして、目線を斜め下に逸らしていたのだ。

「……あれ？　村崎さん？」

予想だにしていなかった反応に、私は彼女の顔を下から覗き込んだ。

すると村崎さんははっと我に返って、声を荒らげる。

「かっ……痒くなるような話聞かせてんじゃねーよ！」

「村崎さんが話せって言ったのに!?」

「うるせえっ！」

一喝されて、私は不満げに唇を尖らせた。

理不尽、理不尽が過ぎる。ヤンキーは怖い。

抗議の視線を送ってみると、さすがに自分の理不尽さに気が付いたのか、村崎さんはごほんと一つ咳払い。

「とりあえず成り行きは分かった、でもそれで〝そういうのじゃない〟ってどういうことだよ？　聞いた限り、どっちもちゃんと、こ、告白してるじゃねーか」

早速痛いところを突かれてしまい、私はしゅんと小さくなる。

「……私たちまだ全然その、恋人っぽいことしてないし……」

「すりゃいいじゃん」

「でも……」

その後を口にすることはできず、口ごもってしまった。

言葉にすることさえできない自分の臆病さに嫌気がさしてしまう。

きっと、村崎さんみたいに経験豊富そうな人は、そんな私を見て情けなく感じるのだろう。罵られるかもしれない。

そう思って縮こまっていると、村崎さんはゆっくりと口を開いて――

「……ま、これまでの関係を変えるのが怖いって気持ちは、分からなくもないけどな」

思いもかけぬ言葉に、私は顔を上げて、目を見張ってしまう。

「でも、いろんなことが嫌でも変わっていくんだ、そんな風に立ち止まってたら、後悔する方に変わっちまうぞ」

「村崎さん……」

物憂げに窓の外の海を眺める彼女の横顔には、何か自嘲めいたものさえ感じられた。

――立ち止まっていたら、後悔する方に変わってしまう。

何故だろう、それはとってもシンプルな言葉なのに、ネットで見たどんな恋愛指南よりも説得力がある。

もしかして村崎さんも……

「……村崎さんにも、好きな人がいたの？」

「っ……！」

〝好きな人〟という単語を出した途端、村崎さんの顔色が変わった。

――これには恋愛の気配に敏感なこはるレーダー（自称）も強い反応を示す。

間違いない！

私は先ほどの村崎さんに倣って、テーブルから身を乗り出した。

村崎さんが危険を察知して後ずさったけれど、逃がさない。私はにこりと微笑む。

「恋バナって、ふつうギブ＆テイクだよね？」

「……余計なこと、言わなきゃよかった」

村崎さんは深い溜息を吐き出して……とうとう観念したらしい。ゆっくりと語り出す。

「つっても、話すほどのことなんてねーよ、昔……アタシがまだ桜庭に住んでた頃、その……気になってるヤツがいたんだ」

「村崎さん、桜庭の出身だったの⁉」

「昔の話だよ。結局、中学に上がる前に親の仕事の都合でこっちに越してくることになって、ソイツとはそれきり……」

「まだ好きなんだ⁉」

私は目を輝かせながら食い気味に言う。

村崎さんの顔が、面白いくらいにかぁっと赤くなった。

「ば、馬鹿言うな！　あんなヤツ、もうどうとも思ってねえよ！」

「ふうん……？」

思わせぶりに、にんまりと口元を歪めてみる。

これを受けて顔を赤らめたままぐっ、と苦しそうに唸る村崎さん。

もしかして私は、女ヤンキー（偏見）村崎さんの意外な弱点を発見してしまったかもしれない……！

「本当は、まだ好きなんじゃ……？」

「っ……！　チョーシのんな！」

ぱかんっ、と空箱を鳴らしたような音がした。村崎さんの平手が私の頭を打ったのである。

痛い⁉

私は頭を押さえて、両目をうるうると涙ぐませながら、村崎さんを見る。

「や、やっぱりヤンキーだから手が出るんだ……！　言葉より先に、拳が……！」

「あぁ⁉　だれがヤンキーだよ！　オマエがしつこいからだろ！　もう好きでもなんでもねえんだよ！」

村崎さんはがるると唸りながらもう一度手を振り上げる。

こ、このままでは馬鹿になるまで頭を叩かれてしまう！

そう思った私はぎゅっと目をつぶり、咄嗟に叫んだ。

「――でも、後悔はしてるってことでしょ⁉」

「っ……！」

私は平手に備えて、貝みたいに縮こまる。

しかし、いつまで経っても次の「ぱかん」がくる気配はない。

おそるおそる薄目を開けて見上げてみると、村崎さんが手を振り上げた体勢のまま固まっていた。この時の彼女の表情ときたら、口で説明するのが難しいぐらいに複雑で……

「ふん！」

やがて村崎さんは鼻息も荒くその場に座り直し、バイ貝を剝く作業に戻ってしまった。

た、助かった……？

貝殻がボウルの内側を転がるむなしい音だけが、しばらくの間響き渡った。

耐え難い沈黙の中、私は震える声で尋ねる。

「……そ、その人は、どんな人だったの……？」

「あぁ⁉　まだ引っ張んのか⁉」

「だって気になるんだもん！　ごめんなさいっ！」

私は咄嗟に頭を守り、丸くなった。

そのままびくびくと震えていると村崎さんは気が抜けたように、はぁ、と一つ嘆息する。

「……サッカー部、クラスで一番足が速くて、いっつも足にミサンガ巻いてたっけな」

「か、カッコよかった……？」

「っ……！　かっ……こよかったよ、そん時は……っっても、小学生の頃だけどな」

「小学生の頃から好きだったの!?」

「気になってた、だ！」

「本当にごめんなさいっ！　どういう関係なんですか!?」

「オマエさっきから謝ってるように見せかけてガンガン聞いてくるじゃねーか！」

村崎さんはまさしく怒り心頭、今にも嚙みついてきそうな様子だ。

私は恐怖に震えながら、より一層硬い殻を作りつつも、両の目だけは彼女に向け続ける。

気になるに決まっている！　だって私には友達がいないから同年代の子と恋バナできる機会なんてこれが最後かもしれないんだ！

……自分で言ってて気分が落ち込んできた。

「……どういう関係もなにもねーよ、ただの幼馴染だ。なんとなく気が合ってよく遊んでたけど、今思えばあれが……いや、なんでもな」

「──初恋だったんだね！」

村崎さんの言葉を遮って食い気味に言ってみたところ、彼女の手元からバキッ！　と音がした。嫌な予感がして、おそるおそる視線を下ろしてみれば、なんと村崎さんが素手で貝殻にヒビを入れている。これにはドヤ顔だった私も一気に顔面蒼白だ。

こ、これ以上詮索するのは身の安全に関わる……

そう察した私は、誤魔化すようにバイ貝を剝き始めた。恋バナも大事だけれど、命は惜しい。

……と、そんな時のことだ。出入り口の方からがだんっ！　と大きな音がした。

思いのほか大きな音に私は肩をびくりと震わせるが、村崎さんは慣れている様子で「あぁ、誰か来たな」なんて言いながら億劫そうに立ち上がって、ガラス戸の方へと向かう。

くすんだガラス戸の向こうには、四つの人影が見えた。

「あ？　開かねっ……鍵かかってねえのに……」

「建て付けが悪いんじゃない？　見るからに古そうだし」

「こら雫、お店の前でそういうこと言わないでよ」

「どうします？　お店の人が出てくるまで待ちましょうか」

「いや、もうちょっとで開きそうだ……」

あ、この聞き覚えのある声は……

村崎さんは「チッ」と舌打ちをして、ガラス戸の向こうの四人に言う。

「おい！　無理に開けんな、戸が外れる！　待ってろ」

そう言って、村崎さんは爪先で引き戸を軽く蹴り、戸を引いた。

するとさっきまでの苦戦が嘘のように、ガラス戸は軽々と開き……

「主人なら今出てるぞ、というかまだ営業時間じゃねえ、いったいなんの用で……」

ここまで言ってから、村崎さんは正面に佇む彼の顔を認め、固まった。

彼女の見上げる先には、不思議そうな顔で見下ろす押尾君の親友──三園蓮君の姿がある。

その後ろには案の定、雫さん、麻世さん、そして凛香ちゃんの姿もあった。

「ヤッピー！　私たちソータ君の友達でーす！　お邪魔しまー……えっ」

雫さんがいつものごとく元気いっぱいに謎の挨拶を口にして、でも、途中でぴたりと動きを止めてしまう。そしてそれは麻世さんも凛香ちゃんも同様だ。

何故か？　それは皆が目の前の異常事態に気が付いたからだ。

「……」

「……」

睨みあっている。

どういうわけか蓮君と村崎さんが無言のまま睨みあっている！　それもお互い、凄まじく鋭い目つきで！　火花が散りそうなほど！

あまりの迫力に、見ているだけで心臓が縮み上がってしまった！

え、いきなりなに!?　喧嘩!?　喧嘩が始まるの!?

「……なんだよ」

息も詰まるような膠着状態がしばらく続いたのち、蓮君が低い声で言う。

「……なんでもねえよ」

対する村崎さんも、低い――どすの利いた声で応え、どういうつもりか、そのまま蓮君の脇をすり抜けるようにして〝かなみ〟を出ていってしまった。

蓮君の後ろに控えていた雫さんは、彼女の背中を見送ってから、小首を傾げる。

「……え――、なになに？　レン、あの子知り合い？　なんかすんごい睨んでなかった……？」

「さあ、しらねえ」

「ホントぉ？　私、あの子な――んかどっかで見た気がするんだけど……」

「気のせいだろ、あ、佐藤さんじゃん、やっぴー」

や、やっぴー？　あれ蓮君ってそういうキャラだっけ……

なんて戸惑いながらも「や、やっぴー……？」とこれに応えてから……

「じゃ、なくって!?」

すぐ我に返り、慌ててその場から立ち上がった。

「ど、どうしたのよこはる？」

私の突然の奇行に、凛香ちゃんが心配そうに声をかけてくるけれど、とりあえずそれどころではない！

「ご、ごめんなさい！　ちょっとだけ待っててください！」

私は困惑する四人へ言い残すと、急いでお店を飛び出して、そのまま村崎さんの後を追う。

ええと、確かこっちの方に……いた！

お店の裏手に、一人海の見える場所でしゃがみこむ、村崎さんの丸まった背中が見えた。

「村崎さん！」

私は彼女の名前を呼んで、足早に駆け寄る。その際、村崎さんの肩がびくんと跳ねた。

「だ、大丈夫だった村崎さん⁉　なんか様子がおかしかったけど……」

「……なんでもねえよ」

こちらを見ようともせず、ぶっきらぼうに応える村崎さん。どう見ても、なんでもある。

「な、何か気に障ることでもあったの？　蓮君がどうかした？」

蓮君の名前を出すと、再び村崎さんの肩がぴくりと跳ねた。

「……やっぱりアイツ、レンなのかよ」

そして村崎さんは、ゆっくりとこちらへ振り返って、ぽつりと。

「……な、なんでアイツがここにいんだよ」

さっきまでのサバサバした村崎さんはどこへやら。

その口調は、なんだかとてもしおらしく、俯(うつむ)きがちの頰(ほお)はほのかに赤らんでいて……レン？　ちょっと待って、今、村崎さんレンって言った？

――ここではるレーダーが今までにないほど強い反応を示す！

村崎さんの、まるで蓮君を以前から知っているかのような口ぶり。

そしてこの反応！　この表情！

それは間違いなく恋をする女の子の顔で——それに気付いた途端、私の中でパズルのピースがぴたりとはまった！

「もっ、もしかして⁉　村崎さんがさっき言ってた、昔好きだった男の子って蓮く……！」

「ば、馬鹿っ⁉」

名探偵さながらの推理を披露しようとしたところ、飛び掛かってきた村崎さんに、無理やり口を塞がれてしまう。

しかしその反応はなにより私の推理が的中したことを物語っていた。

「もごっ……！　え、え——っ……！　こんな偶然あるんだ⁉　すごい！　私までドキドキしてきた！」

「お、おいやめろ！　アイツに聞こえたらどーするんだよ⁉」

「だってこれもう運命だよ⁉　まさか、こんなところで好きな人と再会できるなんて——」

あまりにもロマンチックな展開に、はしゃぎすぎてしまっていた感は否めない。

村崎さんはそんな私の頬をがっちりと鷲掴みにして、強引に黙らせてきた。

無理やりに言葉を中断させられた私は、フグみたく尖らせた唇の隙間から「ぎゅ」と間抜けな声を漏らしてしまう。

「い、いいかコハル、何回も言うけど、気になってた、だ……！　そしてそれは小学生の頃の話なんだよ、分かるよな？　分かったら、もう余計な事喋るな……！」

村崎さんが、そこでふうと大きく息を吐き出して、私を解放する。

私は、顔を真っ赤にした彼女を見つめて……

「村崎さん――円花ちゃん、って呼んでいい？」

「いやなんでこのタイミングなんだよ!?　やっぱアタシのこと舐めてんだろ!?」

「恋バナしたら下の名前で呼んでもいいかなー、と思って……」

「距離感の詰め方イカレてんのか！　そもそも恋バナじゃねーっての！　もう全部終わったんだよ！」

「――終わってないじゃん！」

私は思わず声を張り上げてしまった。

これにはさすがの円花ちゃんも面食らったのか言葉に詰まってしまう。私は更に続けた。

「終わってないじゃん！　だって、円花ちゃんまだ蓮君のこと好きじゃん！　好きだから逃げ出したんじゃん！」

図星を突かれ、村崎さんが「うっ……」と唸る。

恋愛のことなんて、正直私にはからっきし分からない。けれど、「好きな人を前にして奇行に走ってしまう女の子の気持ち」なら、痛いほど分かる。

なんていったって、私もそうだから！

「せっかくチャンスが巡ってきたんだから、摑まないと！　円花ちゃんが自分で言ったんだよ！　立ち止まってたら、後悔する方に変わっちゃうって！」

　まさか自分の言葉がこんな形で返ってくるとは夢にも思わなかっただろう。

　円花ちゃんは「ぐううう……」と唸ったのち。

「……無理だよ」

　そう、弱々しい声で言った。

「アイツと最後に会ってから、もう七年近く経ってるんだぞ……アイツはアタシのことなんか覚えてねえよ……さっきの反応見ただろ？　あれが幼馴染にする態度だと思うか？」

「うっ、う────ん……」

　……こういう時に優しい嘘を吐けないのが、私の不器用ポイントだ。

「それに、レンのヤツ……」

　円花ちゃんが語尾を濁して、顔を伏せる。

　ここで私は、彼女に対する認識を改めることとなった。

　ヤンキーなんてとんでもない。消え入りそうな声で言葉を紡ぐ円花ちゃんの表情を見れば、間違いなく恋する乙女のソレで……

「……しばらく会わねえうちにメチャクチャカッコよくなってるじゃねえか……なんだよあれ、芸能人かよ……」

　頰を真っ赤に染めながら言う円花ちゃんを見て、私はとうとう我慢できずに叫んでしまった。

「──大丈夫だよっ！　円花ちゃん可愛いし、すぐ思い出すよ！」

「かわっ……！」

ぼっ、と円花ちゃんの顔が更に紅潮する。面白い。

円花ちゃんは何度か口をもごつかせたのち、自らのポニーテールを指して言う。

「なっ、なにが可愛いだ！　見ろよ！　潮風のせいでバキバキだ！　こんな髪じゃ……」

「大丈夫！　トリートメント貸してあげるから！」

「っ!?　け、化粧だってロクにしてねえよ！」

「もしもの時のためにお化粧セット持ってきてあるよ！」

「〜〜〜〜っ！　なんでそこまでするんだよ！」

「恋バナしたら、友達でしょ！」

私は最近で一番の笑顔を作って、そう言い放った。

これを受けて円花ちゃんは、しばらく威嚇するようにこちらを睨みつけてきていたけれど、やがて根負けしたかのように、がっくりと肩を落として「はぁぁぁぁっ……」と深い溜息を吐き出した。

そして、じろりとこちらを睨みつけ、低い声で言う。

「……アタシのこと、気にしてる場合かよ」

「うっ」

今度は、私が図星を突かれる番であった。

返す言葉もなく、「ああ」だの「うう」だの呻きながらたじろいでいると、円花ちゃんはぽりぽりと頭を掻きながら、踵を返す。

「ま、円花ちゃんどこ行くの⁉」

「どこって……バイトだよ、言っただろ」

「あ、そっか……」

すっかり熱に浮かされていた私は、円花ちゃんの一言で一気にクールダウンしてしまった。

それどころか、自分ばっかりはしゃいでしまって、とんでもなく恥ずかしいことをしてしまった気さえしてくる。

私はいったい、初対面の女の子相手になにを熱く語って……？　というか、偉そうに恋愛指南とかしてなかった⁉　自分がうまくいってないのに⁉

今にも顔から火を噴きそうな私に対し、円花ちゃんはこちらを振り返ろうともせず。

「……人のことより、まずは自分のことだろ」

ただ一言、それだけ言い残して、その場を去っていった。

建物の陰になった薄暗いその場所に、私だけがぽつんと残される。遠くからは潮騒とカモメの鳴き声が聞こえてきた。

「はぁっ……はぁ……あ、あれ……？　佐藤さん、こんなところに一人で、どうしたの……？」

名前を呼びかけられたので振り返ってみると、そこにはぜえぜえと息を切らした押尾君の姿がある。

きっと、花波さんに結構な重労働を手伝わされたのだろう。柔らかそうな髪の毛先が汗でしっとり濡れていた。

「み、皆、もう着いたみたいだから、はぁ、佐藤さんも、向こう戻ろうよ……」

「……押尾君」

「な、なに……？」

「私……初めて女の子の友達できちゃったかも……」

押尾君がきょとんと目を丸くする。

「よ、よかったね……？」

「私、頑張ろうと思う！」

「頑張ってね……？」

意気込みも十分に拳を握りしめて、ふんすと鼻を鳴らす私を、汗だくの押尾君は終始不思議そうに見つめていた。

花波おばあちゃんは、なんというか、昔から破天荒な人であった。

古くなった物置小屋を、自ら金槌でもって何日もかけて解体したり、いかにも柄の悪い若者連中に平気で食ってかかったりと、型破りエピソードには事欠かない。

それは、数年ぶりに訪ねてきた妹の孫——つまり俺——に、手伝いと称してさらりと重労働を押し付けることからも分かってもらえたと思う。

ちなみに「焼きそばを作りたい」とかで、ついさっきまで民宿の裏手でバカでかい鉄板にこびりついた錆落としをさせられていた。

そんなこんなで、何度も腕の筋肉を攣りそうになりながら、なんとか一仕事終え、どこか様子のおかしい佐藤さんと一緒に〝かなみ〟へ戻ってみたわけだが……今、俺と佐藤さんの前には、信じがたい光景が広がっていた。

「——なんだいアンタ、顔は良いのにほっそいねぇ、ほらもっと貝食べな、貝」

「あ——、ばあさんいいからいいから、俺そんなに貝好きじゃねえし」

「アタシはアンタのばあちゃんじゃないよ！　花波さんって呼びな」

「花波さーん、こんな生意気オンチの愚弟はほっといて、その分私が食べるから！　ところでこれビールに合いそう！　花波さん、おねがいっ！」

「こら雫？　御馳走になっておいてそれは……」

「はいはい、グラスは二つだね」

「いいんだ……」

「いえ――――い！　花波さん太っ腹！　大将！　美魔女！」

「中瓶一本七五〇円ね」

「ぼったくり！　守銭奴！　魔女！」

「観光地価格だよ小娘、ああ、凛香ちゃんにはラムネ入れてあげるからね」

「あ、ありがとうございます……」

蓮、凛香ちゃん、雫さん、麻世さんの四人の輪の中に、しれっと花波おばあちゃんが交じっている。というか五人でテーブルを囲んで、実に親しげに貝を剝きながら談笑している。

……俺が照り付ける日差しの下、必死で錆をこそいでいる間に随分と打ち解けたようで。

「鉄板の錆落とし、終わったんだけど……」

その場に立ち尽くし、なんだか釈然としないものを感じていると、花波おばあちゃんがこちらに気付いて、あっけらかんと言った。

「ああ颯太おかえり、遅かったね、もう貝ないよ」

「えっ!?」

ウソだろ!?

るばかりだ。

俺は慌ててボウルの中を覗き込む。そこには空になった貝殻がこんもりと積み上げられてい
思い出の〝ボウル貝〟、これをずっと楽しみにしていたのに……

俺はがっくりと肩を落とし、深い溜息を吐き出す。こちらの落胆ぶりは、佐藤さんにも伝わったらしく……

「あ、ご、ごめん押尾君っ！　私もいっぱい食べちゃった……！　美味しくて、つい……」

「あはは……気にしないでいいよ、美味しかったんなら良かった……」

口ではそう言いつつも、気分は沈んだままだ。

ああ、一口でいいから食べたかったな……

そんなことを考えていると、ふいに凛香ちゃんが口を開き、

「そ、そんなに食べたかったですか」

何故か語尾を震わせながら、そう問いかけてくる。

どうしてそんなことを聞くのだろうか、そう思いつつも、彼女の方を見やると……

「えっ？」

凛香ちゃんが、爪楊枝に刺した貝をこちらに向けて突き出してきていた。

状況がうまく呑み込めず、固まる俺。

それに対して凛香ちゃんは、どことなくぎこちない笑みを浮かべながら言う。

「あ、あ――んですよ、押尾さん……」

この時、どういうわけか雫さんと麻世さんの目がぎらりと光った、ような気がした。

「り、凛香ちゃん⁉」

ちなみに今のは佐藤さんの声だ。

でも、凛香ちゃんはそんなもの聞こえてすらいないように、震える手で剝き身の貝を差し出し続けている。集まる視線、後ろで何か「あうあう」言っている佐藤さん。

……なんだろうこの状況。

俺は困惑しながらも、凛香ちゃんのことを見つめ返し、そしてぽんと彼女の頭に手を置いた。

その際、凛香ちゃんがびくりと肩を震わせたので、さすがに子ども扱いしすぎたかと反省したが、ともかく俺は微笑みを作って答える。

「気を使ってくれてありがとう。でも大丈夫だよ、それは凛香ちゃんの分だから」

「で、でも押尾さんこれ、好きなんじゃ……」

「俺はまたいつでも食べられるから大丈夫。それに、好きだからこそ凛香ちゃんに食べてほしいかな」

「へっ……？」

「自分の好きなものって人に勧めたくなるものだからね、遠慮しないでいいから」

「……は、はびっ……わかりました、ありがとうございますスミマセン……」

どうしてか顔を赤らめ、突き出した貝を引っ込める凛香ちゃん。

これでいい。さすがに食べ物一つで本気で落ち込んで、食べ盛りの女子中学生から施しを受けるなんて高校生としてどうかと思う。

それに、自分の好きなものが他の人に気に入ってもらえるとうれしいと言うのは、ちゃんと本心だ。

だったの、だが……

「……なにニヤニヤしてるんですか」

「べっつにぃ」

含みのある口調で言うのは雫さんだ。麻世さんも同様にニヤニヤしている。

凛香ちゃんは凛香ちゃんで俯きがちにもむもむと貝を咀嚼していて、こちらとは目も合わせてくれないし、佐藤さんはなんだかほっとしているし、蓮にいたっては……そもそも興味がなさそうである。

思っていた反応と違う……

妙な空気の流れる中、雫さんはおもむろに「よし」と立ち上がって、

「そんなことはともかく！　晴れてみんな揃ったわけだし……」

そして、どこからか取り出したサングラスをかけ、高らかに叫ぶ。

「――行こうよ！　海！」

海——その単語が雫さんの口より発せられた途端、どうしてかあれほど海水浴を楽しみにしていた佐藤さんの顔が青ざめたような気がしたけれど、多分、気のせいだろう。

三枚目　隣にいりゃあ

♠

「なあ蓮、皆が来るまで、ひと泳ぎしないか」

海水浴客で賑わう浜辺でシートの設営を終えたのち、俺は蓮に向かって言った。

パラソルの下、シートに寝そべっていた蓮は、「あん?」と怪訝そうな声をあげる。

俺も蓮もサーフパンツ——いわゆる海パン着用で、お互いすぐにでも泳げる格好なのだが
……どうも蓮は乗り気でないらしい。

「めんどい、泳ぎたいなら一人で行け」

蓮がぶっきらぼうに言って、再びごろりと寝そべった。

……なんだよ、首にネックレス、足にミサンガまで巻いて、今にもサーフィンでも始めそうなファッションのくせに、やけにドライだな。

「せっかく海に来たんだし、泳ごうぜ」

「ヤダ」

「そこをなんとか」

「なんだしつけーな、一人で泳ぐのが恥ずかしいんなら、女子連中を待てばいいじゃねーか」

「それは……」

口ごもってしまう。それは、それだけは駄目だ。

何故なら、俺がこうまでして泳ぎたがる、真の目的とは――

「だってお前、これから佐藤さんが水着で来るんだぞ!?　他のことして少しでも気を紛らわさないと、俺は……！」

「…………」

意を決して本音で語ったのに、返ってきたのは無視である。いっそ「童貞」と罵ってくれた方が、幾分か気が楽だった。

……しかし、そのドライすぎる反応には一つ引っかかるところがあった。

俺は蓮の傍にしゃがみこんで、尋ねる。

「蓮、今日のお前、なんか機嫌悪くないか？」

「……気のせいだろ」

蓮が、こちらの視線から逃れるように寝返りを打つ。

蓮は口も性格も悪く、褒められた人間ではないが、曲がりなりにも俺の親友だ。決して短い付き合いではない。そして今、パラソルの下で寝そべる俺の親友は、明らかにいつもと様子が違っていた。

何かあったのか？　そう尋ねようとした矢先のことだ。

「ぶっ⁉」

突如、顔面に勢いよく水を浴びせかけられた。

それがあまりにも突然のことだったので、俺は訳も分からず目を白黒させる羽目となる。

「げほっ、げほっ！　しょっぱ……！　海水⁉」

「アハハハハ！　めいちゅー！」

口の中を襲う塩っ辛さに悶えていると、聞き覚えのある快活な笑い声が耳に届く。

見るとそこには——案の定、少し離れた場所から水鉄砲を構える雫さんと、麻世さんの姿が。

「いっ、いきなり何するんですか雫さん！　鼻にまで入ったんですけど……！」

「ふふ、そんな細かいこと気にしてる場合じゃないよソータ君、ほら私たちを見てみなよ！」

「はい……？」

鼻の奥がつーんとなる感覚に涙を堪えながら、俺は雫さんの方へと視線をやった。

視線の先には勿論、水着姿になった雫さんと麻世さんが佇んでいる。

雫さんは、いかにもスポーティなデニム生地のハイネックビキニ。

程よく引き締まった身体のラインに、向日葵のような笑顔も相まって、とても快活な印象を受けた。

一方で麻世さんはまた方向性が違い、ホルターネックのビキニに花柄のパレオ。

照り付ける日差しの下、肌は透き通るほど白く繊細に映り、潮風に揺られるパレオから見え隠れする女性的なふくらみも手伝って、いかにも大人！　という雰囲気だ。

——一応説明しておくが、雫さんも麻世さんも同様に、一般的な基準で見ればかなりの美人に分類される。しかもモデル顔負けのスタイルだ。少なくとも、こんな田舎の海水浴場では明らかに浮いてしまうほど。

道行く男たちの視線を集めながら、雫さんと麻世さんは示し合わせたようにこちらへ歩み寄ってきて、前屈みになった。そして上目遣いで、いかにも挑発的に問いかけてくる。

「ふふふ、ソータくぅん」

「私たちの水着、どうかしら？」

「——二人とも、よく似合っていると思いますよ」

率直に、素直な感想を述べたつもりであった。

しかし、こう答えた途端、麻世さんも雫さんもあからさまにむっとした表情になり、雫さんに至っては後ろ手に隠し持っていた水鉄砲を素早く構えて……

「ぶっ!?」

再び、顔面に海水を浴びせかけられた。

は、鼻!?　鼻に、直でっ……！

「——ソータ君！　予想してたリアクションとちがーう！」

「結構、自信あったんだけどねぇ、あーあ、ちょっと自信なくしちゃったかも」

「もっとアタフタしてくんないとつまんなーい！」

「理不尽すぎる……！」

乙女心というのは、奥が深い……

しみじみ感じ入っていると、ふいに後ろから軽く肩を叩かれた。

今度はなんだ……？

鼻の付け根をつまみながら、ゆっくり振り返る。するとそこには、もじもじと身体をくねらせる凜香ちゃんの姿が。

——黒のオフショルダービキニだ。

凜香ちゃんの綺麗な肩は大胆に露出されており、雫さんや麻世さんと比べると幾分か慎ましやかな胸元にフリルが波打っている。そして大人っぽい黒のビキニが、凜香ちゃんの雪のように白い肌とコントラストを成して、その……こう言ってはなんだが、中学生にしてはだいぶ背伸びをした水着姿となっていた。

「あの……押尾さん……これ、麻世さんに選んでもらった、水着なんですけど……」

凜香ちゃんはいかにも恥ずかしげに、ちらちらとこちらへ視線を送りながら、次の言葉を絞り出す。

「……どう、ですか？」

上目遣いに、しかし雫さんや麻世さんみたく挑発的ではなく、どちらかといえば不安げな眼差しを向けてくる凛香ちゃん。

しばしの静寂、のちに俺は笑顔を作って、これに答えた。

「――すごく似合ってる」

言ってから、先ほどそれで雫さん麻世さんに怒られたことを思い出して……

「可愛いね」

と付け足した。

これを聞いて、凛香ちゃんは呆けたように固まっていたけれど、しばらく経って我に返ったかのように、

「……そう、ですか……ありがとうございます……」

何に対しての感謝なのかは分からないが、ともかく、凛香ちゃんはそう言って、そそくさと走り去り、そのまま麻世さんの陰に隠れてしまった。

「よーしよーし、よくやったわね凛香ちゃん、似合ってるわよ」

なにごとかを麻世さんに労られ、頭を撫でられる凛香ちゃん。

この一連の流れに俺が頭に疑問符を浮かべていると、雫さんがどこか感心したような、呆れたような口調で言った。

「ソータ君ってさぁ、こはるちゃん以外にはマジで無敵だよね」

「……言っている意味が分からないんですけど」

「ふ――――ん、余裕たっぷりじゃん、でも果たしてその余裕が佐藤さんの水着姿を前にしても変わらず保ってられるかな?」

「佐藤さん!?」

佐藤さん、水着、という文字列に思わず声が大きくなってしまう。

予想通りの反応に雫さんはすっかりご満悦の様子で、ししし、と悪戯っぽく笑う。

「おおっと、ソータ君すでに相当期待が高まってるご様子。ちなみにですが、こはるちゃんの水着は麻世のチョイスでございます」

「私が選びました」とは、麻世さんの言。

彼女の笑みを見る限り、相当自信があるらしい。

「というわけでお望み通り見せてあげるよエセイケメン君! さあ水着佐藤さんの登場だ!」

まるでショーの司会さながら、雫さんが高らかに宣言する。

水着、佐藤さん――

俺はもうほとんど弾かれたように、雫さんの指す方へと振り返った。

一応、弁解させてほしいのだが俺は今単なる下心によって突き動かされているわけではない。

複雑なる下心によって突き動かされている。

俺は以前、私服姿の佐藤さんを「夢にまで見て」いたが、水着姿に関しては夢ですら見たことがない。好きな人の水着とか想像もつかない。未知の領域すぎる。

だからもう今は自分が何を考えているのかさえ、自分自身よく分かっていない。

期待とか羞恥とか、そういういろんな感情で頭が埋め尽くされて、逆にまっさらになってしまうような……端的に言ってパニック状態だ。

しかし、ただ一つだけ、確かなことがある。

──見たい！　水着の、佐藤さん！

その一心で、俺は佐藤さんの水着姿を焼きつけようと両目を見開いたわけだが、しかし……

「……どこですか？　佐藤さん……」

「へっ？」

雫さんが間の抜けた声をあげ、振り返る。

彼女が見ている方向にあるのは、広がった砂浜だけで佐藤さんは影も形もない。

「あれ!?　こはるちゃん消えた!?」

「ええっ？　さっきまで一緒にいたはずだけど……」

「ウソでしょ!?　まさかあの短時間ではぐれたの!?」

雫さんに続き、麻世さん凛香ちゃんもきょろきょろと辺りを見回し始める。

えっ、うそ、本当に佐藤さん迷子!?

「佐藤さん!?」

俺は一転してさああっ、と顔を青ざめさせた。

――前にも言ったと思うが、緑川は県外から観光客が押し寄せてくるほど有名な海水浴のスポットである。

もちろん、純粋に海水浴を楽しむ家族連れやカップル、学生グループなどがほとんどだが、皆が皆、そうとは限らない。

村崎さんが言っていたように、海を前にして、悪い意味で羽目を外しすぎる者たちもいないわけではないのだ。

そういった輩のいる中で、佐藤さんが一人――考えれば考えるほど、焦燥感で頭の底がちりちりと焦げ付くような感覚に襲われる。

そんな最中、握りしめたスマホがぶるりと振動した。

「こんな時に誰だよ……！」

焦りからくる苛立ちを隠しきれずに、スマホの通知画面へ目をやると……そこには〝佐藤こはるさんから　新着のスタンプが届いています〟の一文が。

「――佐藤さん!?」

「なに!?　こはるちゃんいた!?」

俺がスマホを手に彼女の名前を口にした途端、女子三人組が怒濤のごとく押し寄せてくる。

「い、いえ、佐藤さんからスタンプが届きました！」

「スタンプ……？」首を傾げる麻世さん。

「と、とにかくトーク画面開いてください押尾さんっ！」急かすのは凛香ちゃんだ。

俺は震える指先で、通知画面から佐藤さんのトークルームへジャンプして……

「……うん？」

眉をひそめた。

佐藤さんのトークルームには――小さな前脚で顔を隠して恥ずかしがる、懐かしの〝ポメラニアンスタンプ〟が一つ。

……どういう意味？

肩を寄せ合って俺の小さなスマホを覗き込んでいた三人も、きっと同じ気持ちだったのだろう。画面を覗き込んだまま、固まってしまっている。

そんな風に奇妙な時間の流れる中、俺は視界の隅に映るソレを見つけてしまった。

「あれ……？」

視線の先、ここから少し離れた場所にある苔むした岩の陰に、不思議な……そう表現するしかない生き物の姿を認めた。

あえて言葉で表現するなら、巨大なフジツボ……？

しかし、もちろんフジツボではない。目を凝らして見てみると、それはその場にしゃがみこんで、全身をタオルでぐるぐる巻きにした女性であることが分かる。

「……もしかして」

〝もしかして佐藤さん？〟

俺は、MINE(マイン)で佐藤さんへ短いメッセージを送った。

するとすぐに既読マークがついて、間髪容(かんはつい)れずにスタンプが返ってくる。

……ポメラニアンの、頷(うなず)くスタンプが。

「はぁ～～～っ……」

雫(しずく)さんと麻世さんの吐き出した溜息(ためいき)が、重なった。

「無理です、やめてください、引っ張らないでください」

賑(にぎ)やかな緑川(みどりかわ)のビーチに、佐藤さんの冷たい声音がやけに響いた。

ついさっきまで、雫さんと麻世さんの水着姿に向けられていた注目が、今は打って変わって好奇の視線へと変わってしまっている。

それもそのはず、こんな光景、もし俺が彼らの立場だったとしても見てしまうに決まっている。

額より下の全身をタオルですっぽりと包みこんだ未確認生物が、そのタオルの殻を引き剝(は)がされそうになり、必死で抵抗する姿なんて……

「うぎぎぎ……ぷはっ、駄目！　も――――っ！　こはるちゃんどっからこんな力出てんのよ！」

かれこれ数分、タオルフジツボ――もとい佐藤さんとの攻防を繰り広げていた雫さんが、とうとう音を上げて、砂浜の上に大の字に寝転んでしまった。

佐藤さんは依然フジツボのまま、その場にうずくまっている。これにはさすがの麻世さんも困り顔だ。

「……こはるちゃん、そのままだと海で遊べないわよ?」

「私のことはお構いなく、是非みなさまで海水浴をおたのしみください」

タオルの下からくぐもった声が聞こえてくる。口調が若干おかしい。

この妙な反応を見て、麻世さんはどうやら攻め方を変えることにしたらしい。佐藤さんの傍にしゃがみこんで、優しげに語り掛けた。

「颯太君に水着姿、見せなくていいの? せっかく選んであげたのに」

「……!」

ここで佐藤さんの肩がぴくりと跳ねる。

いかんせんフジツボ状態なので、佐藤さんが今タオルの下でどんな表情をしているのかは分からないが、ともかく、彼女はしばらく思案するように間を空けて――

「ま、麻世さんには悪いですけど、無理です、恥ずかしくて死んでしまいます」

「ダメみたい」

これにはさすがの麻世さんもお手上げといった様子で、困ったように肩をすくめた。

まさかこんなところで、塩対応の佐藤さんが再来するとは……

「うーーーん、ウチの店で試着した時はいけると思ったんだけど」

「……それはたぶん、麻世さん以外に見られてなかったからだと思いますよ」

佐藤さんが水着、という事実に気を取られすぎていたが、冷静に考えればそうだ。

極度の人見知りである佐藤さんに、人前で肌を晒せというのはどう考えてもハードルが高すぎる。

おそらく麻世さん一人に水着を見せるのだって相当勇気を振り絞ったことだろう。

佐藤さん、プール授業の時とかどうしてたんだろ？

なんてどうでもいいことを考えつつ、俺はちらりと佐藤さんの方へ目をやった。

佐藤さんはフジツボ状態のままぶるぶると小刻みに震えている。

「私の汚い肌を衆目に晒しては、皆様のご迷惑になります。どうか私のことは気にしないでください。ここで小さくまとまって荷物番をしておりますゆえ……」

……もはや塩対応とかじゃなく、完全に卑屈モードになってしまっていた。

ともあれ、この状況はあまりよろしくない。

雫さんや麻世さんはどうしたものかと頭を抱えているし、凛香ちゃんは呆れたように溜息を吐いている。蓮はいつの間にか姿を消していた。今日のアイツは本当に様子がおかしい。

とてもではないが、これからみんなで海で遊ぼう！　という雰囲気ではなくなってしまった。

そしてこの場に流れる嫌な空気は、もちろん佐藤さん自身も感じ取っており、自己嫌悪でより一層深くタオルの殻の奥へと潜り込んでしまう。

そんなどうしようもない悪循環の中、ぽつり、と。

「……本当に、ごめんなさい」

ふいに佐藤さんの呟いた一言は、ひどく弱々しく、不安に満ちており。

まるで出会ったばかりの頃の佐藤さんに戻ってしまったかのようで……

「――せっかく海を楽しみにきたんだもん、無理しなくていいよ」

考えるよりも先に、俺は彼女の傍に寄り添っていた。

佐藤さんはここで一度、ぴくりと肩を震わせたが、依然フジツボ状態のままである。

「……押尾君、ごめんなさい、私なんかのこと、わざわざ誘ってくれたのに、私……」

そう言う彼女の声は、小さく震えていた。

きっと佐藤さんのことだ。タオル越しとはいえ、水着姿でこんなにも人の集まるビーチへやって来るのだって、相当な勇気を必要としただろう。今も羞恥でたまらないはず。

でも、だからこそ俺は嬉しいんだ。

「私なんか、じゃないよ。俺は佐藤さんと海に行きたくて、佐藤さんを誘ったんだから」

もちろん蓮や凛香ちゃん、雫さんや麻世さんたちをはじめとした友達とみんなで海で遊びたいという気持ちもあった。

でも、やっぱり俺が誘いたかったのは他の誰でもない佐藤さんだ。

「だからもし佐藤さんが海に入りたくないなら、俺もここにいるよ」

「——そ、それはダメだよっ⁉」

すぽん、と佐藤さんがタオルの殻から頭を出す。

なんだか、ずいぶん久しぶりに佐藤さんの顔を見た気がするなあ。

なんて思った矢先、彼女は俺の方を見るなり……

「あっ……」

どういうわけか頬(ほお)を赤らめ、目を逸(そ)らしてしまった。

「……?」

思っていたものと違う反応に俺は首を傾(かし)げて……すぐにその真意に思い至る。

佐藤さんの水着のことばかり意識していたが、考えてみれば俺もまたサーフパンツと、上に薄手のシャツを一枚羽織っただけ。

要するに、水着なのだ。

そしてそういう反応をされると途端に恥ずかしくなってきてしまうもので、俺もまた思わず顔を伏せそうになったところ……

「ぶっ！」

「押尾君⁉」

横っ面に海水を浴びせかけられた。十中八九、雫さんのしわざだ。

「コラ！　二人とも照れついてるんじゃないよ！　話が進まないでしょ！」

「す、すみません……」

ごもっともすぎる。

俺はぶるりと頭を振って、犬みたく飛沫を散らすと、再び佐藤さんの顔を正面から見据える。

雫さんのおかげで、いい具合にクールダウンできた。

俺は、再びその台詞を繰り返す。

「ここにいるよ」

「それは……ダメだよ、せっかく海に来たんだから、押尾君は楽しまないと……」

「こうしてるだけで十分、楽しめてる」

「……気を遣わなくて、いいよ……」

再び佐藤さんの頭が、鼻先までタオルの殻に沈んでしまう。

……今回の佐藤さんはだいぶ頑なだ。

仕方ない、これぱっかりは言いたくなかったけれど、奥の手を使わせてもらう。

俺はふぅ、と一つ溜息を吐き出して、口を開く。

「佐藤さん、実は俺、ちょっと前まで泳げなかったんだ」

「……えっ？」

突然の告白に、佐藤さんも面食らったらしい。

両目を見開いて、俺の横顔へ視線を送ってくる。

その途端、恥ずかしさと、やっぱり言わなければよかったという後悔が押し寄せてきて、俺は誤魔化(ごまか)すように笑った。

「正確には海で泳げなかった、だけどね」

「……どうして？」

「だって……」

俺はここで言葉に詰まってしまう。今にも羞恥(しゅうち)で顔から火が出そうな勢いだ。

でも、俺は意を決して次の言葉を吐き出した。

「──こ、怖くない？　海って」

気持ち早口で言い切ったあと、俺はおそるおそる佐藤さんの様子を窺(うかが)う。

「……」

佐藤さんはぽかんと口を開けたまま、こちらを見つめていた。

佐藤さんの吸い込まれるように綺麗(きれい)な瞳(ひとみ)を見つめていると、いよいよ耐え切れなくなってしまい、俺は佐藤さんの反応を待たずに語り出す。

「だってさ！　怖いじゃん！　海の中って見えないし！　何がいるか分からないし！」

「……」

せめて、相槌ぐらいは打ってほしい……

無言のまま、リスみたいに大きな瞳でこちらを見据える佐藤さんとしばしにらめっこを続け……俺はとうとう観念する。

「……俺、母さんがまだ生きてた頃はよく、父さんと一緒に緑川へ遊びに来てた……らしいんだ。なんせ、もうずっと小さい頃の話だから記憶も曖昧なんだけど、でも一つだけ鮮明に覚えてる事件があって……」

「……事件？」

そう、あれは事件だ。思い出しただけでも、背筋が寒くなってくる。

それは忘れもしない、夏の終わりごろのこと……

「……佐藤さんは、お盆を過ぎたら海に入っちゃいけないっていう話、知ってる？」

「う、うん……聞いたことはあるよ、そ、その……死んだ人に連れて行かれちゃうって……え？もしかして……!?」

佐藤さんの顔が、見る見るうちに青ざめていく。

多分だけれど、なにか盛大な勘違いをしているな。

「まぁ、そういう説もあるけれど、本当はちゃんとした根拠があってね。お盆には離岸流……潮の流れが変わって沖に流されやすくなったり、あとは、水温が下がって……その、く、クラゲが出たり」

あれから相当な時間が経ったとはいえ、やはりトラウマはトラウマだ。口にするだけでも、若干の抵抗がある。

その反応を見て、佐藤さんはおおよそのオチを察したらしく、

「もしかして刺されたの？　クラゲに……」

「……父さんがね」

俺はそう言って、ぶるりと身震いをした。

忘れられるはずもない。浅瀬ではしゃいでいた父さんが突然、咆哮にも似た野太い悲鳴をあげ、砂浜をのたうち回るあの姿を。

幸い、クラゲといってもたいして毒性の強いものではなく、少しみみず腫れができただけで傷も残らずに済んだのだが、いかんせん、父さんはあの見てくれで痛がりなのだ。

「……想像してみてよ、あの筋肉ダルマが、この世の終わりみたいな顔で絶叫しながら、砂浜で転げ回ってるんだよ。しかもそこに母さんと花波おばあちゃんが、かわるがわるに酢をかけまくるんだ……あの時は本当に、父さん死んだと思ったな……」

「……ぷふっ」

律儀にも想像してくれたらしい。

先ほどまで表情を曇らせっぱなしだった佐藤さんが思わず噴き出した。

「ご、ごめん押尾君、お父さん大変だったのに……私、つい……！」

「いや本当に大変だったんだよ、父さんそれから海嫌いになっちゃうし、俺もその光景がトラウマになったせいでしばらく海に近付けなかったんだから。最近はそうでもなくなってきたけど……」

「……っ！　……っ！」

佐藤さんが、こちらから不自然に顔を逸らして、肩を小刻みに震わせている。笑いを堪えているのが丸分かりだ。

そしてなんの気なしに後ろを振り向いてみれば、この会話に聞き耳を立てていた女子三人組も一様に肩を震わせて、笑いを堪えている。

ああ、恥ずかしい！　だから言いたくなかったんだ！

俺は自分の顔が恥ずかしさから、かあああっと熱を持っていくのを感じながら、一つ誤魔化すように咳払いをして……

「――でも、こうして遠くから海を眺めるのは、昔から嫌いじゃなかったよ」

俺がそう言うと、佐藤さんは笑うのをやめ、こちらを振り向く。

俺はそんな彼女に対して、微笑みを返し、「見てみなよ」と向こうの海を指さした。

佐藤さんは、言われた通りに海の方へ目をやって――

「……わぁ」

目の前に広がる光景に、感嘆の声をもらす。

――降り注ぐ真夏の日差しを、透き通るようなエメラルドグリーンの海が返して、抜けるような青空が水平線のかなたで海の緑と混じり合っている。

遠くから聞こえるカモメの鳴き声に、緩やかな波のさざめきは、聞いているだけで時間の流れさえ忘れてしまうほどだ。

「綺麗……」

佐藤さんの口からぽろりとこぼれ出たその言葉が、俺にはなにより嬉しかった。

見ているだけで心が洗われるその景色……それこそが俺のかけがえのない宝物であり、そして――他でもない、佐藤さんに見せたかったものなのだから。

「花波おばあちゃんが、よく俺を散歩に連れて行ってくれたんだ。いっつも同じコース、海沿いをぐるっと回って、最後にそこの道の駅でソフトクリームを買ってくれて……近くにはずっとこの景色があった。俺は、それがたまらなく好きだったんだ、だから……」

ここまで言って、俺は佐藤さんへ微笑みかける。

「――だから、その大好きな景色を、佐藤さんと一緒に見られるだけで、俺は十分楽しいよ」

「あっ……」

初めに、ほんの少しの静寂があった。

無言でまっすぐにこちらを見つめる佐藤さん。その見開かれた黒目がちの瞳は、海原の煌めきを返して、宝石のように輝いている。

それがまたこの上なく綺麗で、俺は思わず見とれてしまう。

そんな風に見つめ合ったまま、しばらく経ってからのことだった。

「あ、あう……」

佐藤さんが金魚みたく口をぱくつかせながら、意味のない言葉をいくつか吐き出したかと思えば、見る見るうちにその整った顔が耳の先端まで真っ赤に染まっていき――

「～～～～っ！！！！」

すぽんっ、と。

殻から出ていた頭が勢いよく引っ込んで、佐藤さんは再びタオルフジツボ化してしまった。

「あ、あれ？」

おかしい、状況が逆戻りしてしまった。

いや、それどころかさっきよりもいっそう深く潜ってしまった気がする。

助けを求めるように、背後の女子三人組の方へ振り返ってみると……

「……」

何故か三人まで揃って頬を赤らめていた。

そして、誰一人としてこちらと目を合わせようとしてくれない。

あれ……？

「……ソータ君」

「な、なんですか雫さん」

「ソータ君は、こはるちゃんにいっつも、そういうこと言ってるの……？」

「そういうことって、なんですか……」

「あらあら」どこか困った風に言ったのは麻世さんだ。いつも通り大人の余裕たっぷりの笑みを浮かべているが、やはりこちらとは目を合わせてくれない。凛香ちゃんに至っては頑なに顔を伏せたままだ。

「天然ソータ一〇〇％！」

これは雫さんのお言葉。意味は分からないけれど、たぶん罵倒されている……

ともかく、このままでは駄目だ！

「さ、佐藤さん」

俺は再びタオルの殻にこもってしまった彼女の名前を呼びかける。佐藤さんはゆっくりと、こちらの様子を窺うようにタオルから顔を出した。

「……ナンデスカ」

若干口調がおかしいが、それに関してはこの際目を瞑ることとして……

俺はおもむろに立ち上がって、彼女へと手を差し伸べた。

「海に入らなくても、水着にならなくても、楽しむ方法は他にいくらでもあるから」

「……本当？」

「本当だよ」

最初は半信半疑といった様子の佐藤さんだったけれど、やがて彼女は、おずおずと俺の手を取り……

「押尾君がそう言うなら……」

ゆっくりと立ち上がった。これには、女子三人組も「おお」と声をあげる。

やはりタオルで全身をくるんだままで、今度はてるてる坊主のような格好になってしまったが、フジツボと比べればこれは大きな成長だ。

なんだか感慨深いものを感じながらも、ひとまず感傷に浸るのは後回しにして俺は人数を数え始める。

「俺と佐藤さんと、凛香ちゃんと、雫さんと麻世さん……蓮はいないから、これで五人ちょうどか……うん、大丈夫」

「颯太君、何かやるつもり？」

一番に尋ねてきたのは麻世さんだ。本当に、この人は察しがいい。

「すみません、皆こっちについてきてもらっていいですか、一つやりたいことがあるので――行くよ佐藤さん」

「わっ……！」

そう言って、俺は佐藤さんの手を引きながら海の方へと駆け出した。

「なになに⁉　なんか面白いことやるの⁉」

「押尾さん！　走り出す前に何か言ってくださいよ！」

なんのかんの言いつつも、女子三人は理由も聞かず、後についてきてくれる。

しかし、海がすぐ近くに迫るとさすがに佐藤さんは慌てた様子で、

「お、押尾君⁉　た、タオルが濡れちゃ……！」

「だいじょうぶ」

不安がる佐藤さんの言葉を途中で遮って、俺は波打ち際まで彼女を導いた。

ぱしゃぱしゃと、何度か飛沫をはじけさせて、ちょうどくるぶしのあたりに波が届くぐらいの浅瀬で俺は足を止める。

無理やり海に引きずり込まれるとでも思っていたのだろうか？　それまで全身をこわばらせていた佐藤さんだったが、ビーチサンダルの隙間を抜けていく温かい波の感触に、心なしか表情を柔らかくした。

「……気持ちいい」

佐藤さんが足元を見下ろしてぽつりとつぶやく。

その子どものように無邪気な横顔が見られただけで、満足なような気もしてくるが……

「まさかこれで終わりじゃないよね？　ソータ君」

どうやら雫さんはそうではないらしく、これ見よがしに水鉄砲を構えて、悪戯っぽく笑う。

……この人、俺を撃ちたいだけなんじゃないか？

なんて思いつつも、俺は皆に向かって言った。

「じゃあ皆で円になってピースを作ってください、佐藤さんも」

「ピース？　こ、こう？」

小首を傾げながら、片方の手でタオルを押さえ、もう片方の手を、顔の近くまで持ってきて〝ピース〟を作る佐藤さん。

何の前触れもなく繰り出されたあまりにも可愛すぎる仕草に思わず失神してしまいそうになるが、違う、そういうことではない。いや、もちろんその仕草は網膜に焼き付けさせてもらったけれど、そうじゃない。

「う、うん……じゃあそのピースを、下に向けて」

「下に？」

「ははーん！　なるほどね！」

ここで俺のやろうとしていることに気が付いたらしく、佐藤さんの隣に並んで作ったピースを下に向ける雫さん。

「ああ、そういうこと」

「……案外子どもっぽいこと考えますね、押尾さんも」

次いで麻世さん、そしてちょっとぐさりとくることを言いながら凛香ちゃんが、傍まで歩み寄ってきて、ピースを下に向ける。

「はい、佐藤さんも」

「う、うん……？」

佐藤さんがおずおずとピースを下ろし、これでようやく五人分のピースが円を描いて並ぶ。

あとは佐藤さんにスマホを……と思った、その矢先だ。

「じれったい！　はい、チーズ！」

いつの間にやら、もう一方の手でスマホを頭上高くに構えた雫さんが、高らかに言った。

「あ、ちょっと雫さっ……!?」

俺の制止もなんのその。

雫さんのスマホがぴこんっ、と音を鳴らす。俺は不満げに口を尖らせた。

「せっかく、佐藤さんに撮らせてあげようと思ったのに……」

「こんなの誰が撮っても同じですぅ～～～」

大人げない。雫さんはスマホを片手ににししし、と悪戯っぽく笑う。

一方で佐藤さんは、未だに何が起こったのかも分からず、頭の上に疑問符を浮かべていた。

そんな佐藤さんへ、雫さんはスマホを差し出して……

「ほら、これがソータ君がこはるちゃんに見せたかったもの！」

「見せたかったもの……？」

佐藤さんをはじめとして、円を作った五人全員で、スマホのディスプレイを覗き込む。

――そこには、波の煌めきをバックにして浮かぶ〝星〟があった。

「星だ……」

佐藤さんがスマホを覗き込みながらぼそりと呟いて、それきり黙り込んでしまう。

――はっきり言って、五人分のピースをくっつけて星の形を作るだなんて、散々使い古された手法だ。今時、珍しいものではない。

でも、それでも佐藤さんは、まるで初めておもちゃを与えられた子どものように、じっとそれを見つめている。

そんな彼女の真剣な横顔を眺めていると、なんだか途端にむず痒くなってきて、俺は誤魔化すように笑いながら言った。

「う、海って、結構なフォトスポットなんだよ。写真を撮るだけなら、水着にならなくてもできるし、俺も撮り方知ってるから、もし佐藤さんが乗り気なら……」

「――押尾君」

透き通るような声で名前を呼びかけられ、俺の心臓がどきりと跳ねる。

見ると――佐藤さんは笑っていた。

水平線で繋がる眩い光の中で、佐藤さんが向日葵のような笑顔を咲かせている。

ただその笑顔を向けられただけで、もう、彼女から目が離せない。

「佐藤さん……」

真夏の太陽に頭の中が白く染め上げられ、心臓の鼓動が早鐘を打つ。

潮風に揺れる彼女の髪の毛先の一本一本や、吸い込まれそうなぐらい綺麗(きれい)な瞳(ひとみ)、そしてゆっくりと開いていく唇。その一挙一動が、スローモーションに流れていって……

「押尾君、ありがとう。私、本当に押尾君と海にきてよかっ――あっ」

刹那(せつな)。

全てがスローモーションに動く世界で、佐藤さんの身体(からだ)がぐらりと後ろへ傾いた。

「えっ？」

波飛沫(なみしぶき)がきらきらと舞う中、その場にいた全員の「えっ？」が重なる。

だって、こんな展開、誰も予想していなかった。

まさかよりにもよってあの場面で、佐藤さんが寄せる波に足を掬(すく)われるなんて――

「――危ない!?」

あまりに予想外のアクシデントに一瞬思考が固まってしまったが、俺はほとんど弾(はじ)かれるように飛び出した。

そして今にも背中から着水しようとする佐藤さんを、俺はなんとか両腕で受け止める。

……そういえば、こんなこと前にもあったなぁ。

ゆっくりと動く時間の中で、そんなことをおぼろげに考えたが――それも、次の瞬間にはことごとく俺の頭の中からは消し飛んでしまった。

何故(なぜ)か、それは……

「あっ……」

はらり、と。

まるで花びらが開くように、佐藤(さとう)さんの身体(からだ)を包むタオルが解けた。

「……」

時間にしたらほんの数秒のことだろうけど、俺にとってその数秒は永遠にも感じられた。

だって、腕の中の佐藤さんは水着だった。

シンプルな白いフリルのついた水着――別段、目新しいものでもない。

しかし、これ以上に佐藤さんに似合う水着は、おそらくこの世には存在しないだろうという確信だけがあった。

そして確信のあとに、圧倒的な量の情報が押し寄せてきた。

佐藤さんの白くて細い二の腕、佐藤さんの華奢(きやしや)な肩、佐藤さんの膨らんだ胸元、佐藤さんの綺麗(きれい)なお腹、佐藤さんの柔らかそうな太もも……その全てが一気に視界へ飛び込んできて、俺はあまりの情報量に頭がパンクし、思考が完全に停止してしまう。

あれ、というか俺が今タオル越しに支えている、この柔らかいものって……

「ひゅっ」

佐藤さんの口から、息を細く吸い込むような音がした。

見ると、佐藤さんは信じられないぐらいに顔を赤熱させ、両目をぐるぐる回し、全身を鉄のようにこわばらせて、口から「ひゅっひゅっ」と蒸気機関車みたく息を漏らしている。

真っ白になった頭の中で、意外と冷静なもう一人の俺が「ああ、これは駄目なヤツだね」なんて諦観に満ちた呟きを吐き出した。

「……佐藤さん、あの」

俺は脂汗を流しながら、ゆっくりと口を開く。

そして爆弾でも扱うかのように、慎重に、繊細に、言葉を選んで……

「み、水着似合ってるね……」

——緑川のビーチに佐藤さんの悲鳴が轟いたのは、そのすぐ後のことだった。


数分ほど前から、丸めた背中へ冷たい水を浴びせかけられ続けている。

……雫さん、よっぽど水鉄砲が気に入ったらしい。

俺は立てた膝に顔を埋めながら、深い……深い溜息を吐いた。

世界広しといえども、こんな晴天の下、貝のように丸くなり、誰一人として寄せ付けないほどの〝負のオーラ〟を放っているのは、きっと俺ぐらいなものだろう。

「もー、いつまで引きずってんのさエセイケメン君」

そんな俺に痺れを切らしたのか、とうとう雫さんが名指しで呼びかけてきた。

いや、俺にはエセイケメンという称号すらもったいない。さしずめただのエセ、エセ野郎だ……。

なんて卑屈なことを考えながら、ゆっくりと後ろへ振り返る。

するとそこには、パラソルの下、シートの上で寝そべる雫さんと麻世さんの姿がある。

彼女らの手元には外国産の瓶ビール。瓶の口には、なんとまぁオシャレなことに、くし形切りのライムが差し込んである。

「……お酒飲んでるんですか？」

「飲むに決まってるじゃんさ～、どっかの誰かさんがずっとうじうじしてんだから」

赤ら顔の雫さんは、どこか呂律の回らない口調で言って、指でライムを押し込み、瓶の中へと落とした。

「いい加減やめなよ、そんな風に丸まってたって、幸せは歩いちゃこないよん」

「そんなこと言われたって……」

俺はいっそ泣きそうになりながら続ける。

「俺は、あれだけ無理に水着にならなくていいと言っておきながら、その舌の根も乾かないうちに、嫌がる佐藤さんの気持ちを無視して、彼女の素肌を見てしまいました……」

「大袈裟ぁ～～！」

雫さんがそう言って、げらげら笑う。

笑いごとじゃない。今度の今度こそ、俺はたぶん佐藤さんに嫌われてしまったんだぞ……

しかしこっちの心情なんか知ったことかと言わんばかりに、雫さんはビール瓶をじいっと見つめて、突然何かに気が付いたかのように「あっ!?」と声を上げる。

「麻世！　見て見て見て！　これ！　この瓶、海をバックにして撮ったら……めっちゃ映えるじゃん！　ほら麻世も一緒に！」

「はいはい、じゃあ撮るわよ、腕動かさないでね」

「イエーイ！」

ぴこん、と麻世さんの構えたスマホから音が鳴る。

よく見ると、はしゃぐ彼女らの傍らには何本もの空瓶が置いてあった。

……どうやら俺は、ずいぶんと長い間、こうしていたようだ。

「……佐藤さんは?」

「さっき飛び出して行ってからまだ帰ってきてないよ――……あ、ちょっと麻世、ピント合ってなくない?」

「合ってるわよ」

「え――ホントにぃ……?　ま、いっか、どーせフィルターかけるし。あ、麻世次は自撮りしよ自撮り、スイ研の連中に送り付けて自慢してやろう」

「……探しに行きます」

「えー？　やめときなよ！　さすがに甘やかしすぎ！　こはるちゃんももう子どもじゃないんだから！」

雫さんがスマホの前でポーズを作りながら、やはり呂律の回らない口調で言う。

しかし俺はその言葉を、単なる酔っ払いの戯言とは切り捨てられない。

「ソータ君はさぁ、こはるちゃんと付き合う時に、あの過保護でおっかないこはるちゃんのお父さんを説得したわけじゃん？　でもさぁ、それって結局ソータ君が過保護だと意味ないじゃん、ただ保護者が変わっただけだよ」

「依存は、クセになるからね」

麻世さんが、スマホの前でポーズをとりながら、雫さんの言葉を引きついだ。

依存、その単語を耳にして、俺は不覚にもどきりとしてしまう。

そしてそんな俺の内心を見透かしているかのごとく、麻世さんはくすりと笑った。

「心配しなくても、スマホは持っていったわけだし、ちょっと落ち着いたら一人で戻ってくるわ。第一、今颯太君が行ってどうするの？　こはるちゃん、颯太君の顔見たらまた逃げるわよ」

「うっ……」

ぐうの音も出ない。

俺を見るなり、再び顔を真っ赤にして逃げ出す佐藤さんの姿が容易に想像できた。

「とりあえず、そっとしておいたら？」

「……そう、ですね」

恥ずかしい話、俺に女心は難解すぎる。

だから麻世さんがそう言うならば、きっと、それが正しいのだろう。うん、正しいはずだ。

俺は自らに言い聞かせるように、心の中で唱える。

……それに俺自身、今の佐藤さんと顔を合わせづらいと感じているのも事実だ。

さっきの佐藤さんの水着姿が、頭から離れない。

タオル越しに触れた肌の感触も、まだ両手に残っている。

この状態のまま、再び佐藤さんへ会いに行くというのは、なんだかとてつもなく不誠実なことのような気がして、躊躇してしまう。

「……」

そんな風に悶々としていると、しばらく経って、自分が無意識のうちに自らの右手のひらを見つめていることに気付いた。

「……!?」

自分で自分の浅ましさに驚愕して、すぐにすさまじい自己嫌悪に襲われた。

下心……下心しかないのだろうか、俺には……？

口ではあれだけ反省している風を装いながら、あろうことか今は右手に残る感触を思い出そうとしている。

今、どうしようもなく佐藤さんに会いたいと思っているこの気持ちも、本当はただの下心なんじゃないか？　下心の塊、下心人間……

ああ、もういっそ、この右手を砂浜に突きたてて、強制的に上書きするしか——

などと考えていると、おもむろに右手を握られる。

「えっ？」

なんの前触れもなく、視界の外から伸びてきた細くて白い腕。小さくて、今にも壊れてしまいそうなほど繊細な手指が、俺の右手を強く握っている。

「——せっかく海に来たのに、そんなところでうずくまってたらもったいないですよ、押尾さん」

俺はゆっくりと顔を上げる。

そこには、燦々と降り注ぐ陽の光に髪の一本一本を輝かせながら、こちらを見下ろす凛香ちゃんの姿がある。

遠くから様子を見ていた麻世さんが「へぇ……」と声を漏らした。

「凛香ちゃ……うわっ!?」

言い終えるよりも早く、その細腕からは考えられないほどの力で手を引かれて、俺は無理やりに引き起こされてしまう。凛香ちゃんは、そんな俺に対して悪戯っぽくはにかむと、そのまま駆け出してしまう。

　向かう先は、海だ。

「ちょっ、ちょちょちょ!?　凛香ちゃん!?」

　なんとか制止しようとするも、凛香ちゃんは一向にスピードを緩める気配がない。

　砂の粒を、海の飛沫を、きらきらと弾けさせながら、一直線に水平線へ向かって駆けていく。

　そしてちょうど腰のあたりが浸かるぐらいの深さまで進んだところで、凛香ちゃんは、おもむろに足を止めた。

　引きずり込まれるかと思った……

「きゅ、急にどうしたの凛香ちゃん……」

　俺は荒くなった息を整えながら、彼女の名を呼ぶ。

　しかし彼女はこちらに背中を向けたまま、答えない。

　少しの間、波の打ち付ける音だけが聞こえていた。

　そんな中、凛香ちゃんは何を思ったのか、海の水を手のひらに掬いとって……

「わっ!?」

　それを、振り向きざまにこちらの顔へ浴びせかけてきた。

　突然のことに慌てふためいていると、そんな俺を見て、凛香ちゃんは悪戯っぽくはにかみ。

「――私にも教えてくださいよ、海でできる楽しいこと」

「凛香ちゃん……？」

そう言う凛香ちゃんの髪は、跳ね返った水の飛沫で煌めいていて、俺は――

♥

「……何やってんだよ」

ビーチからは少し離れた日陰で、タオルに身を隠しながらうずくまっていると、ふいに声をかけられた。

私は一度びくりと肩を跳ねさせて、ゆっくりと声がした方へ振り返る。

そこには、ソフトクリームを片手に、どこか呆れたような目で、こちらを見下ろす円花ちゃんの姿があった。足元には白猫――レオもいる。

「……円花ちゃん、バイトは……？」

「休憩中」

円花ちゃんはそれだけ言って、私の隣にしゃがみこむ。

……どうしてだろう、私は彼女と目を合わせることができなかった。

円花ちゃんもそれが分かっているのか、遠くの海を眺めながら喋り始める。

「アタシ、バイト先から海、見えんだよね」

「……もしかして、見てた？」

「ばっちり見えてたわ、コハルが逃げ出すとこ」

……本格的に合わせる顔がなかった。

私は再び自己嫌悪に陥り、タオルの殻の中に顔を埋めようとしたところ……

「ほら」

円花ちゃんが、おもむろにその手に持ったソフトクリームを、こちらへ差し出してきた。

「えっ……」

「食えよ」

困惑する私に、円花ちゃんは半ば無理やりソレを押し付けてくる。

その気遣いは本当に嬉しかったけれど、今なにかを食べる気になんか……

そう思いながらも、差し出されたソレを見やって――私は、驚きに目を見張った。

「……青い、ソフトクリーム……？」

そう、円花ちゃんが差し出してきたソフトクリームは、青かった。

たとえるならブルーハワイのかき氷のような、見ているだけで胸のすく色。思わず、私はソレを受け取ってしまう。

「緑川ソフト、っていうんだよ。名前ダッセェよな、ウチのカフェの名物」

「綺麗……」

私は吸い込まれるように顔を近づけていって一口、クリームを舐め取った。

——不思議な味だ。

今までに食べたどんなソフトクリームとも違う。しいて言うならばこれは……

「しおあま……？」

いや、しょっぱ甘い？

でも舌を刺すような嫌なしょっぱさじゃなくて、舌の上で溶ける柔らかい塩味。

それが濃厚なミルクの甘みも引き立てて、結構美味しかった。

「塩入ってるんだよ、緑川の海でとれたやつ」

「へぇ……！」

だから緑川ソフトなんだ、と私は妙に感心してしまった。

じゃあ、この青色は緑川の海をイメージしたのかな？　実際の海はもっと緑がかっているけれど……

そういえばさっき押尾君が、昔花波さんがよくそこの道の駅でソフトクリームを買ってくれたと言っていたけど、もしかしてこれが——

「——今、ソータのこと考えてただろ」

おもむろに思考に割り込まれて、お馴染みの「どっ」が出てしまった。

「な、なんで分かったの？　エスパー？」

「当たり前のことすぎて、考えるまでもない」

円花ちゃんが、私のアホな質問を一蹴する。

考えを見透かされたことが途端に恥ずかしくなってしまって、私は赤らんだ顔を伏せた。

そんな私を横目で見て、円花ちゃんは深い溜息を吐き出す。

「誰に何言われたか知らんけどさ、難しく考えすぎなんだよコハルは。好きなヤツと同じものを見たい、同じものを食べたい、同じことをしたい——何かを共有したいって思うのは、当然のことだろ」

「でも、私は……逃げ出しちゃったよ……」

膨らむ自己嫌悪に胸を締め付けられながら、私はさっきあった事件の一部始終を、ゆっくりと語り出した。

私は——情けないことに、逃げ出してしまった。

押尾君に見せるために買った水着を、押尾君に見られて、恥ずかしさのあまりに逃げ出してしまった。

せっかく押尾君が海に誘ってくれて、チャンスが巡ってきたというのに、それを自分からふいにしてしまったんだ。

「……私は、本当にダメだよ」

話の締めくくりに、ぽつりと弱音を吐き出す。

そんな私の告白を最後まで黙って聞いていてくれていた円花ちゃんは……

「――うん、マジでダメ、最悪、信じられん、恥を知った方がいい」

「ええっ!?」

思わず声をあげて、円花ちゃんの顔を見返してしまった。

「あ？　なんだよ慰めてもらえるとでも思ったか？」

「えっ、いやっ、ごめん！　流れから正直ちょっと期待したけど……でもまさか追い打ちをかけられるとは思ってなかったよ!?」

「はっ、おこがましいわ、悪いけどアタシそういう女子同士の傷の舐め合い、マジで苦手なんだよな。いくらでも言ってやるよ、ダメ、コハルはほんと――――にダメだ、今回の件は一〇〇でオマエが悪い、同情の余地なし」

「う、うう……！」

自覚はしていたけれど、やっぱり人の口から聞くとこたえる……！

ダメの連続攻撃に、打ちのめされる。

そんな時、円花ちゃんは私の目をまっすぐに見据えて……

「あのな、さっきアタシは好きなヤツと何かを共有したいと思うのは当然のことだ、って言ったけど、それは別にコハルに限った話じゃねえんだぞ」

「えっ……？」

「——コハルがそう思ってるんなら、ソータもそう思ってるんだよ。両想いって、そういうことだろ？」

円花ちゃんの口から飛び出した予想外の一言に、私は言葉を失ってしまった。

私がそう思うなら、押尾君も同じ……

その言葉が、頭の中で幾度となく反響する。

彼女の言葉に感じ入っていると、円花ちゃんはいきなり身を乗り出し、タオル越しに私の胸倉を摑んで、まくし立てる。

「——だから、逃げんな！」

円花ちゃんの顔は、いつになく真剣で。

「水着が恥ずかしいならタオルかぶったままでもいい！　目も見れねえってんなら顔を伏せてりゃいい！　言葉も出ないってんなら黙り込んでりゃいい！　でも——」

そして、その言葉は、どこまでもまっすぐに私に突き刺さる。

「……逃げるのだけは、やめろ。隣にいりゃあ、いつか伝わるから」

それは、もしかしたら私の気のせいかもしれないけれど。

なんだかその言葉は、私にだけ向けられた言葉ではないような、そんな気がした。

「はっ、柄にもねえこと言ったわ。おら、ついでにこれもやるよ」

円花ちゃんはわざとらしくぶっきらぼうに、私にある物を手渡してくる。

もう片方の手で受け取ってみれば、それは硬くて冷たい、小さな金属の塊で……

「鍵（かぎ）……？」

「南京錠（なんきんじょう）だよ、ウチの売店で売ってるヤツ、ほら、あそこ見えるか？」

円花ちゃんがそう言って、ある場所を指す。

目で追ってみると、道の駅から向かい側の道路にかけてブリッジが伸びており、その先には、三方フェンスで囲まれた展望台のようなものが設置されている。

「あそこのフェンス、見えるだろ？　南京錠に二人分の名前を書いて、あそこにかけるんだ。そうしたら結ばれるっていう……まぁよくあるやつだよ。でもコハルはこういうメルヘンなの、好きだろ？」

「……なんで」

「あぁ？　理由なんて知らねーよ、観光地によくあるおまじない的なやつだろ」

「そうじゃなくて」

私は冷たい南京錠をぐっと握りしめて、円花ちゃんの目を覗（のぞ）き込んだ。

「……なんで、ここまでしてくれるの？」

純粋に、疑問だった。

円花ちゃんと私は、今日出会ったばかりの赤の他人だ。

でも、円花ちゃんは慰めに来てくれた。本人は否定しているけれど、いくら鈍感な私でも分かる。

円花ちゃんはバイト中に、押尾君の前から逃げ出す私の姿を見かけて、こんなものまで持って、わざわざ慰めに来てくれたんだ。

どうして、ここまでしてくれるのか。

答えを待っていると、円花ちゃんはこちらから目を逸らし、地べたに寝そべったレオの背中を撫でながら、言う。

「……べつに、ただアタシはコハルみたいにうじうじしてるヤツが嫌いっていうか、なんというか……」

サバサバした円花ちゃんにしては珍しくもごもごと声が小さくなっていく。

でも、その言葉だけは、確かに聴き取れた。

「……恋バナしたら、友達じゃなかったのかよ」

瞬間。

私は考えるよりも先に、円花ちゃんに抱き着いていた。

ちなみにこれは捕足だけれど、円花ちゃんの身体はたいへん抱き心地が良かったです。

「ちょっ、おい!?　いきなり何……つめてっ!!　コハル！　当たってんだよクリームが！」

「円花ちゃん、本当にありがとうっ!!」

「やめろ!!　暑苦しいし、つめてーんだよ!!」

円花ちゃんは——恥ずかしいのだろうか？　ソフトクリームをひったくって、私の身体を無理やりに引き剝がす。

こちらを睨みつけるその眼差しに、以前の私ならばきっと萎縮してしまっていたことだろう。

でも、今の私にはそれが照れ隠しにしか見えず、にんまりと頰を緩めた。

気味悪そうに後ずさられたけど、それもきっと照れ隠しだ。

「——本当にありがとう円花ちゃん！　なんだか頑張れる気がしてきた！」

「そ、そりゃ良かったな……」

「私、押尾君のところに戻るね！　ほんと————にありがとう！　また後で改めてお礼するから！」

「お、おう……」

私は決意も新たに立ち上がり、最後に円花ちゃんへぺこりとお辞儀をして、居ても立ってもいられず、タオルを風になびかせながら走り出した。

その手には、もちろん円花ちゃんに貰った南京錠を握りしめている。

もう、迷いはなかった。ほんの数分前までの燃えるような恥ずかしさも、重たくのしかかってくる自己嫌悪も、今となっては綺麗さっぱりなくなっていた。

なんで、こんな簡単なこと、わざわざ円花ちゃんに教えてもらうまで忘れてしまっていたのだろう。

私が恥ずかしいのなら押尾君も恥ずかしいはずで、私が楽しみにしていたのだとしたら、同じく押尾君も海を楽しみにしていたはずなのだ。

だから、今私の胸の内にある思いの、ただ一つ。

「押尾君……！」

押尾君に、会いたい。

押尾君の隣で、一緒にエメラルドグリーンの海を眺めたい。

押尾君の隣で、一緒に青いソフトクリームを食べたい。

押尾君の隣で、一緒に――イチャイチャしたい！

そして自慢するんだ！　私にとっても素敵な友達ができたことを！

押尾君に会って何をしようか考えただけで胸が高鳴ってきて、自然と早足になってしまう。

ざくざくと砂を踏みつけながら、私は砂浜を駆けて、皆のいるところを目指した。

周りの人たちが不思議そうに私を見ているけれど、そんなのはもう関係がない！

今はただ、一刻も早く、押尾君の下へ――

……なんて言ってみたはいいけれど、そういう時にちゃんと締まらないのが、私、佐藤こはるという人間であり……

「あっ⁉」

躓いた。

砂に足をとられ、もつれ、転び――そして「ぶっ！」と間抜けな声を上げ、釣り上げられたマグロみたく、砂の上を滑る羽目となってしまった。

身に纏ったタオルも、その時のはずみでほどけてしまう。

「うう……」

かああっ、と顔面が急速に熱を帯びた。

……さっき周りの視線なんて関係ないと言ったばかりだけれど、さすがにこれは恥ずかしすぎる！

私は顔から火の出るような思いで、慌ててその場から立ち上がろうとして……そこで、おもむろに誰かから腕を掴（つか）まれる。

「えっ……？」

自分の身に何が起きたのか、すぐには理解できなかった。

背後から伸びてきた手に、二の腕のあたりを掴まれている。

その腕は、明らかに男の人のソレで。でも、お父さんのソレとも、もちろん、押尾君のソレとも違っていて――と、ここまで考えたところで、思考は中断させられる。

私の二の腕に食い込む節くれだった指へ、痛いぐらいの力が籠（こ）められ、一気に身体（からだ）を引き起こされてしまったからだ。

「痛っ……！」

それがあまりにも乱暴に行われたため、肩のあたりに痛みが走り、私は苦痛に顔を歪めた。

理解が追い付かない。一体何が……

「おねーさん、だいじょうぶ？」

耳元から聞こえてきたのは、やっぱり知らない男の人の声。

それを理解した途端、背筋に冷たいものを感じ、たちまち私の体は強張ってしまって、心臓がきゅうっと苦しくなった。

おそるおそる声がした方へ振り返る。驚くほど近くに、髪を明るい茶髪に染めた男の人の顔があった。

私は思わず悲鳴をあげそうになってしまい、下唇を噛んでこれを堪える。

彼はそんな私を見て、どこかねばついた口調で言った。

「おねーさん、いきなり目の前で派手にコケちゃうからさぁ、心配で声かけちゃったよ、なに？　なんか急いでんの？」

彼の言葉に乗って、独特の臭いがつんと鼻をついた。これはお酒の臭いだ。

そして彼は笑顔を浮かべたまま、未だ私の腕を痛いぐらいの力で掴み続けている。

状況が把握できるにつれ、自分の中の恐怖心が急速に膨らみ始めた。血の気が引いて、動悸が激しくなり、喉が渇き出す。

――離してください。

反射的にそう口にしようとして、すんでのところで踏みとどまった。

「……あ、ありがとうございまし、た……すみません、もう行きます……」

引きつる喉から言葉を絞り出し、強張った首でこくりと会釈をする。これが私の精一杯だ。

そして、逃げるようにその場から去ろうとしたのだけれど……

「ん？　おねーさん……」

彼は私の二の腕にいっそう力を込めて、俯きがちな私の顔を下から覗き込んでくる。

そして彼は痛みと恐怖に怯える私を、しばらく睨みつけると、何かに気が付いたように声を張った。

「あれ!?　パンケーキのおねーさんじゃあん！　久しぶりぃ！」

「えっ……？」

パンケーキのおねえさん？　久しぶり？

それがいったいなんのことを指すのか分からず、私は再び彼の顔を見返して——

「あっ……！」

茶髪の彼とは全くの初対面ではないことに気付いて、声をあげてしまった。

でも、私の胸の内に生じたのは、決して目の前の相手が顔見知りだったことによる安堵じゃない。

むしろその逆で、私はより強い恐怖心を抱くこととなってしまった。

だって、今私の腕を摑んでいる彼は、以前〝cafe tutuji〟で、一人パンケーキを食べていた時に声をかけてきた、怖い大学生のお兄さんたちのうちの一人だったのだから。

そして彼は、私の反応を見て記憶に確信を得たらしく、一気に距離を詰めてくる。

「なになになに？　奇遇じゃあん、こんなところでまた会うなんて、泳ぎに来たの？　それともまたパンケーキ？　あ、もしかしてナンパ待ちとか？　意外とそういう人多いんだよねーこのへん、ていうか暇？　暇だよね」

「その……私……！」

喉が引きつり、それ以上言葉が出ない。

逃げ出そうと後ずさるも、腕を摑まれていて動けない。

胸の内の恐怖心だけがすごい速さで膨らんでいって、今にも破裂寸前だ。

「おーーい！　タケちゃんトシちゃん！　ちょっと、ちょっとこっち来て！　すげぇ偶然！知り合いいたわ知り合い！」

彼が声を張り上げると、近くのシートでスマホをいじっていた水着姿の大学生二人が、何事かとのっそり起き上がって、こちらへ近寄ってきた。

目に痛いぐらいの金髪のお兄さんと、いかついネックレスを首から下げたお兄さん。

彼らにも見覚えがある。あの時の二人だ――

「なんだよ、知り合い？　……あ⁉　あの時の女子高生ちゃんじゃん！」

「やっば！　スゲー偶然？　なに？　一人？」

「一人だってさ」

茶髪の彼が言い、他の二人が盛り上がる。

――違う。そんなこと言ってない。

否定しようにも、声が出せない。

――友達を待たせているんです。離してください。

そう言えば済む話だろうに、私はそれすらも口に出すことはできなかった。

彼らの舐めるような視線に気づいた途端、いっそう固く喉が閉じてしまったのだ。

「マジ？　ちょうどいいじゃん」

「あっちに飲み物あるからさ、とりあえずいこーよ」

返答も待たず、強引に腕を引かれる。私はここでぎゅっと目を瞑ってしまった。頭の中はパニック寸前だ。

なんでこんなことに？　私は一体どうなる？

暗闇の中で、焦燥と不安と、恐怖、それらをないまぜにした感情が爆発寸前まで膨れ上がる。

怖い、痛い、怖い、嫌だ、怖い、怖い、怖い、助けて――

「――やめてもらって、いいですか」

そんな暗闇の中で、静かな、しかし確かな意思を感じさせるまっすぐな声がした。

頭の中を覆い尽くす分厚い靄を、一気に取り払うぐらい、強い声。

私は固く瞑った目を、ゆっくりと開く。

そして眩しいぐらいの日差しの下、私は、彼の背中を見た。

驚いたように固まる大学生三人組から、私をかばうようにして間に割って入った、彼の背中を——

「おしお、くん……？」

◆

——ごめん凛香ちゃん、やっぱり俺、佐藤さんを探してくるよ——

押尾さんの言葉が未だに耳の中で響いている。

寄せる波の音もカモメの鳴き声も、それをかき消すことはできない。

どこまでも真剣で、優しくて、まっすぐな言葉。あんなにウソのない言葉を聞いたのは、きっと生まれて初めてのことだった。

まぁ、よりにもよってそれを片想いの相手から聞く羽目になるっていうのは、とてもあたしらしくて、皮肉な話だけれど。

「良かったの？」

浜辺に座り込んで海向こうに浮かぶ小さな島の影を見据えていると、後ろから麻世さんに声をかけられた。

良かったの……か。

いったいその言葉に、どれだけの意味が込められているのだろうかと考えてみると、なんだかちょっと笑えてきた。

「あそこまできっぱりフラれたら、諦めもつきますよ」

あたしが自嘲混じりに答えると、麻世さんは「そっか」とだけ言って、あたしの隣に座り込んだ。

「押尾さんはひどい人ですよ、あたしがあんなに頑張ってアプローチしたのに、一度もあたしのこと、見てくれませんでした。ずーっと、そこにいないこはるのことを見てたんです」

眼中になし、というのはまさにあのことを言うのだろうな。

彼の真剣な眼差しは、あたしに向けられながらも、あたしを見てはいなかった。

あの状況で、どうしてあんなにもまっすぐな目をすることができるんだろう？

女の子に迫られているのだから、少しぐらい揺らいでもいいじゃないか。少しぐらい、こっちを見てくれたっていいじゃないか。

「あ――――なんかだんだん腹立ってきましたね」

自分の状況を再確認して、ぜんぶ馬鹿らしくなってきた。

あたしのような女を少女マンガで腐るほど見た。

お手本のような噛ませ犬、当て馬、にぎやかし。

「せっかく海に来たんだし、もういっそ逆ナンとかしてみますかね、なーんて……」

そんな風に笑いながら麻世さんの方へ振り返ろうとすると、ふいに、頭からタオルをかぶせられた。麻世さんの仕業だ。

「焼けるわよ、凛香ちゃん、せっかく綺麗な肌してるのに」

「……」

……やっぱり、麻世さんには敵わない。

あたしはタオルを深くかぶって、静かに語り出した。

「麻世さん、知ってますか」

「なにを?」

「――あたし、押尾さんが好きなんです」

麻世さんは何も言わず、黙ってこれを聞いていた。

「ごめんなさい、さっき、嘘吐きました。あたし、やっぱり押尾さんが好きです、全然こっちを振り向いてくれなくても……もし、あたしが押尾さんと付き合えたなら――」

タオルの端をぎゅっと握りしめる。

「休みの日に、ちょっと遠出をして、ショッピングモールで一緒にお買い物をします。それでちょっと疲れてきたら、映画館で適当に目についた流行りの恋愛映画を観て、帰りに寄ったカフェで、お互いに感想を言い合うんですよ」

「……いいわね」

「でもまぁ、きっとおうちで一緒にマンガを読むことが多くなるでしょうね。二人で肩を寄せ合って、日の暮れるまで同じマンガを読みながら、たまに言葉を交わすんです。この主人公は煮え切らない態度がムカつくよねーとか、あそこの台詞はちょっとキザだったよね、でもあの告白はちょっと良かったかも、なんて……」

「凛香ちゃん、泣かないのね」

「泣く？　まさか」

あたしは意外そうに言う麻世さんの顔を見返して——逆に、不敵に笑ってやる。

「泣くなんて、まるであたしが諦めたみたいじゃないですか」

そうだ、あたしはまだ全然、諦めていない。それどころかむしろ決心が固まったぐらいだ。

今回、ヤケになって押尾さんを引き留めなかったのは、あたしが諦めていないから。

本気だからこそ、今回は譲ったという、それだけの話で。

「——今度、あたしは押尾さんに告白します」

あたしは、はっきりと宣言した。

♥

私を庇うようにして割って入ってきた押尾君と、大学生の三人組が睨みあっている。明らかに、さっきまでとは場の空気が変わっていた。

「ちょ、なに？　誰？」

「知り合い？」

押尾君を取り囲むようにする大学生三人組が、口々に言う。

嫌な視線——彼らは明らかな敵意をもって押尾君を睨みつけていた。見ているだけでも、息が詰まるような光景だ。

でも、押尾君は頑としてそこを動こうとしない。負けじと彼らを睨み返している。

そんな膠着状態が少しの間続いて、さっきまで私の腕を摑んでいた茶髪の彼が、何かに気付いたように言った。

「あ？　オマエ、この前の店員じゃん」

「なに？　リュウ君知り合い？」

「ちげーよ、ほら、あの時の店員だよ、女子高生ちゃんと話してた時に邪魔してきた、あの」

「あ———っ！　はいはいはい、そういやそうだわ！」

言われて、他の二人も押尾君を思い出したらしく、やたら大袈裟に反応する。

そして気付いた途端、彼らの威嚇するような表情が、たちまち笑みに変わった。

でも、もちろん好意的なものではない。どちらかといえば侮るような、嘲るような、そんな笑みだ。

「なになになに、どーしたの、今日は休みなのバイト君」

「関係ないでしょう」

押尾君は今まで聞いたことのないぐらい淡々とした口調で応える。でも、彼らは少しも怯まない。

「はは、かっけーー、でもバイト君の方が関係なくない？」

「そーそ、俺ら今その子と喋ってんのよ」

「ここはナンパ禁止じゃないからね」

「本人が嫌がってるでしょう」

「ははは、イヤなんて一言も言われてないよ、ね？　そうだよねー？」

茶髪の彼が、押尾君の陰に隠れた私を覗き込んでくる。

思わず「ひっ」と小さい悲鳴が漏れてしまったが、それきり喉が固く閉じてしまって、言葉が出ない。

「ほら、本人が嫌がってないんだから、バイト君に何か言う権利ないじゃん、ねえ？」

げらげらと、大学生たちの嫌な笑い声が聞こえてくる。

ただ一言、ただ一言「イヤです」「困ります」とだけ言えばいい。そのはずなのに、彼らを前にしてしまうと、恐怖で全身が強張ってしまう。

情けない、なんて情けないんだ、私は。

この期に及んで、自分は押尾君の陰で震えることしかできないなんて。

感情が抑えきれず、じわりと目頭が熱くなる。泣いたって、何も解決しない。そんなのは分かり切っているのに、私は——

「権利なら、ありますよ」

いよいよ瞳から熱い雫がこぼれ落ちようというその時、聞こえてきたのは凛とした押尾君の声であった。

そして細くて白い指が、私の震える肩へと添えられる。

どこまでも温かくて優しく、私を落ち着かせるそれは、まぎれもなく——

「恋人、なんで」

……それは、まぎれもなく押尾君の手であった。

「だから、絡むのやめてもらっていいですか」

押尾君が私の肩を抱いたまま、強い口調で言う。

これにはさすがの大学生三人組も、気圧されたようだったけれど、でも……。

「……はは、バイト君かっこよ」

茶髪の彼が押尾(おしお)君を茶化すように笑い、他の二人もつられて笑い出した。

これを合図に、彼らは更に私たちを取り囲むように距離を詰めてくる。

逃げようにも、三方を囲まれて逃げられない。

近くを通り過ぎる人たちも、この嫌な空気を感じ取って、見て見ぬふりをしながら、足早に通り過ぎていく。

「うざいわ、オマエ」

茶髪の彼が押尾君のすぐ目と鼻の先まで迫り、吐き捨てるように言った。

押尾君は私の肩を強く抱いて、大学生と睨(にら)みあう。空気が限界まで張り詰め、私は呼吸すら忘れてしまう。

まさしく一触即発——そんな時、それは起こった。

「——あれ？　おいおいおいおいおい」

突然、遠くの方から聞こえた男の人の低い声が、ずんずんと近付いてきた。

これには私だけでなく、押尾君に大学生の三人組も、何事かと声の聞こえた方へ振り向いて——ちょっと間抜けな構図だけれど——みんな揃(そろ)ってぎょっとした。

何故(なぜ)か？　それは〝とんでもないチンピラ〟がこちらへ迫ってきていたからだ。

「はぁ……？」

茶髪の彼が、さっきまでの威勢からは考えられないほど、かぼそい声を漏らした。私と押尾君に至っては、絶句だ。

それほどまでに、こちらへ近付いてくる彼のインパクトはすさまじかった。

真ん中で分けた髪。やたら大きなピンク色のサングラス。右耳にずらり並んだイヤリングは日差しをぎらぎらと返し、首にはいかついネックレスが揺れている。

素肌の上に羽織ったシャツは、目に痛いぐらい派手な花柄だ。

いや、いや、ファッションなんて大した問題じゃない。振る舞いが、完全に〝絶対に関わっちゃいけない人〟のソレなのだ。

そんな人物が肩を左右に揺らしながら、ずんずんとこちらへ近付いてくる。

これが結構な恐怖で、近くに座っていた海水浴客たちはそそくさと逃げ出してしまったし、私も卒倒寸前だ。大学生より、ずっと怖い。

誰もが、そんな彼を見つめて固まっていると、彼は大学生たちを押しのけて、間に割って入ってくる。そしてサングラスを額の高さまで押し上げ、両目をこれでもかと見開いて……

「――おいおいおい！　ぃやっぱソータ君じゃぁん！　ひっさしぶりぃ！」

あまりにもオーバーすぎるリアクションで、押尾君と肩を組んだ。

押尾君が殺される――反射的にそんなことを考えてしまったけれど、どうも押尾君の様子がおかしい。

押尾君は、どこか訝(いぶか)しげに眉(まゆ)をひそめてサングラスの彼を見返していて……

「……喋んな、適当にびびっとけ」

サングラスの彼が、私と押尾君にだけ聞こえる声量で、ぼそりと耳打ちをしてきた。

ここで初めて、私は恐らく押尾君が感じていたものと同じ違和感の正体に気が付いた。

その、普段と違いすぎる振る舞いや服装のせいでまったく気が付かなかったけれど、もしかして、蓮君……？

私がそれに気付くのと同時に、サングラスの彼――もとい蓮君は、再びサングラスをかけなおし、例のチンピラモードへと戻る。見てるこちらが驚くほどの早変わりであった。

「――なになに⁉　ソータ君なにしてんの、こはるちゃんも連れて海水浴⁉」

目の前の彼が、蓮君だと分かっているのに、その口調、その振る舞いには萎縮してしまう。

「ま、まぁそんなところだけど……」

「いや奇遇じゃあん！　俺も今ダチと一緒にきてんのよ！　せっかくだし合流しようぜ！　な、いいよな、はい決まり――」

そこまで言って、蓮君はおもむろに大学生三人組の方に振り返る。そして……

「……あ？　なに見てんの」

ついさっきまでのハイテンションがウソのように、低くドスの利いた声で言った。

これには、たとえそれが演技だと分かっていて、なおかつ傍から見ているだけの私でも、背筋が凍るような気持ちになってしまう。

これをマトモに向けられた大学生たちはもっとだろう。

「っ……！」

茶髪の彼が僅かに後ずさる。

ただの一言で、三人組の大学生を怯ませるなんて……

こんな状況にもかかわらず、蓮君の演技力に感心してしまう。

でも――

「……はっ、なんだよオマエ」

あと少しというところで大学生が踏みとどまった。おそらく頭数で勝っているためだろう。

茶髪の彼がぎこちないながらも嘲るような笑みを作って、蓮君を挑発してくる。蓮君はあっという間に三人の大学生に取り囲まれてしまった。

蓮君の演技は、はったりだ。本当に喧嘩になってしまえば、大学生三人に勝てるはずもない。

「蓮っ……！」

押尾君が思わずその名を呼び、蓮君に加勢しようとする。

でも、その必要はなかった。

何故なら、私たちを追い越して飛び出してきた白い塊が「ふしゅあっ」とひと鳴き、凄まじい身のこなしで、大学生の茶髪頭に飛びついたからだ。

「う、うわっ！！？　なん……痛っ!?」

これにはさすがの彼もパニックを起こして、なんとか白い塊を振り落とす。

ソレは、やはり身軽にも空中でくるりと体勢を立て直し、軽々と着地を成功させると、背中を丸めて「しゃああ」と鳴いた。

レオ、白猫のレオだ。

「――オラァ！」

再び遠くから、低い怒鳴り声が聞こえてくる。

振り返ってみると、そこには肩を怒らせ、ずんずんと一直線にこちらへ向かってくる円花ちゃんの姿が――

「ウチの猫に何してんだ、ボケェ！」

そして円花ちゃんが鬼の形相で吼えれば、もう大学生たちは怯えの色を隠さなかった。しかも極めつけは――いったいどこから持ってきたのか、その手に握りしめた鉄パイプ。

これには、さすがの彼らも命の危機を感じたようで……

「殺されるっ!?」

デジャヴ、だ。

茶髪の彼がいの一番に逃げ出し、他の二人も慌てて後を追う。

駆けつけてきた円花ちゃんは、遠ざかっていく大学生三人組の背中を睨みつけて、「はん」と鼻で笑うと。

「イキリ大学生が、逃げるぐらいなら最初から絡むな――おい、コハル大丈夫か？」

大学生たちの背中が見えなくなるのを見届けると、円花ちゃんはすぐに私の心配をしてくれる。でも、私ときたら、涙目で震えるばかりだ。

「おいなんだ？　どっか怪我したのか？」

違う、そうじゃなくて……

「円花ちゃんが、大学生より怖かっ……」

そこまで言いかけたところで、円花ちゃんからぱしんと頭をはたかれた。空箱を叩いたみたいな音が鳴る。

「いきなり走っていったから心配になって様子見にきてやったのに……！　助けてもらってそういうこと言ってんじゃねえ！」

「ご、ごめんなさい……」

本当のことなのに……やっぱりヤンキーなんじゃ……

というコメントは胸の奥にだけしまっておいた。

円花ちゃんは、ちらりと押尾君の方へ目をやって、にっかりと笑う。

「意外とやるじゃんソータ、ひょろっちい割りに根性あるよ」

「村崎さん……」

押尾君は、一度円花ちゃんの名前を呼んで、そのあとすぐ「はぁぁぁぁあっ……！」と、膝に手を当てて、深い、深い安堵の溜息を吐き出した。

「村崎さん、ほんっと――――にありがとう！　マジで終わったと思った！」

「あん？　なんだよ、意外と余裕だと思ったのに」

「いや、そんなわけないじゃん……！　震える足を押さえつけるのでせいいっぱいだったよ！」

「しまんねえヤツだな」

そんな押尾君を見て、円花ちゃんが苦笑する。

……押尾君、やっぱり怖かったんだ。でも、それでも私のために……。そう考えると、やはりうれしいものが胸の内に込み上げてきて……

そんな時、いきなり割って入ってきた蓮君が、今までに見たことのないような笑顔で押尾君と肩を組んだ。今度は演技ではない、本当に楽しそうな蓮君だ。

「うわっ!?　なんだよ蓮!?」

「――ははは！　見たかよ颯太！　あの大学生ども、こ、こんなのにビビッてやんの！　あんだけイキリ散らしてたくせに、だっせぇ！　ははははは！」

「いや、オマエ言っとくけどそれ俺も結構怖かったぞ!?　演技上手すぎるんだよ！　本物の輩に絡まれたかと思ったわ！」

「ば――か！　こちとらウチの店で、もっとゴリゴリの輩、毎日見てるわ！」

「あれ？　なんか蓮、機嫌よくなってないか？」

「そりゃ機嫌もよくなんだろ！　あんなに笑えることねえよ！　見てたろ⁉　円花なんて完全にチンピラだったじゃねえか！」

「えっ……？」

蓮君の何気ない一言に、皆がぴたりと固まった。

円花ちゃんに至っては両目を見開いたまま、言葉を失ってしまっている。

それも無理はない。だって今、蓮君は間違いなく、円花ちゃんの名前を……

「……蓮、村崎さんと知り合いなのか？」

「はぁ？」

押尾君がそれについて指摘すると、少しの間を空けてから、蓮君はぴたりと笑うのをやめた。

そして、いかにもばつが悪そうに、ひとつ咳払い(せきばらい)をして……

「先、戻ってるわ」

足早にその場を立ち去ろうとする。

そしてすれ違いざま、円花ちゃんは、ゆっくりと口を開いて、

「……忘れたんじゃ、なかったのかよ」

蓮君は、そのまま歩みを止めず円花ちゃんの傍(そば)をすり抜けていって、こちらを振り向きもせずに、ぼそりと一言。

「……忘れるわけ、ねえだろ」

そう言い残して、一人その場から姿を消してしまった。

何が起きたか理解できず、首を傾げている押尾君はともかく、私はすぐさま円花ちゃんの様子を窺う。円花ちゃんは……

「……っ」

手の甲で口元を隠しているけれども、顔を真っ赤に染めているのが丸分かりだった。

彼女の表情には驚きやら嬉しさやら、それらの感情全てがないまぜになっており、そして、今までに見た円花ちゃんの、どんな表情よりも可愛くて……

「良かったね、円花ちゃん」

「……うるせえバカ」

円花ちゃんが、照れ臭そうにこれに答えて、レオとともにその場を去る。

こうして私と押尾君だけがその場に残された。

すると、なんだか途端に恥ずかしくなってきて、押尾君の顔もマトモに見れなくなってしまう。

でも、私はどうしても押尾君に言わなきゃいけないことがあるわけで――!

「押尾君！」「佐藤さん！」

お互いを呼ぶ声が、重なった。

「あ……」

お互いに顔を見合わせて、少しの間固まり……そしてやはり同じタイミングで噴き出した。

「戻ろっか、皆のところに」

押尾君もまた、照れ臭そうに頬(ほお)を掻(か)きながら言った。

エピローグ　また、皆で来ようね

♥

楽しい時間というのは本当にあっという間だ。

今にも水平線の向こうへ沈まんとしている夕陽を、展望台の上から眺めながら、そんなことをしみじみと考える。

ここから見る夕焼けはちょっとしたものなんだ、と押尾君はどこか自慢げに教えてくれたけど、これは、ちょっとなんてものじゃない。私にとっては、夢みたいな光景だった。

「今日は、本当に楽しかったね」

私の隣に並び、夕陽を眺めていた押尾君がおもむろに言った。

押尾君の一言が、いかにも「今日という一日を締めくくる言葉」という感じで、私は少し切ない気持ちになる。

でも、楽しかったのは本当だ。

「本当に、楽しかった……」

私は夢見心地に呟く。

おかしな話だけれど、未だに、今日起こった楽しい出来事の数々が、夢だったのではないか、と思う自分もいるんだ。

「……私、スイカ割りって生まれて初めてした」

「俺もだよ、酔っぱらった雫さんが、バット持って走り出した時は本当にビビったけど……」

「凛香ちゃんにもびっくりしちゃった、すごく泳ぐのが上手いんだもん」

「ああ、あれはすごかったね、聞いたけど昔スイミングスクールに通ってたらしいよ」

「凛香ちゃん、運動なんでもできて羨ましいなぁ……」

「麻世さんもすごかったよね、いつの間にか、あんなに大きな砂のお城を……」

「ね！　私、感動しちゃって何十枚も写真撮っちゃった！」

私も押尾君も、興奮気味に今日一日の出来事を語り合う。

たくさん遊んで、たくさん笑った。

そしてひとしきり語り終えると、私はふぅ、と一息ついて……

「帰りたくない、沈む夕陽もこのまま全部止まってほしいって——前までの私なら思ってたかも」

「……今は、思ってないの？」

「思ってないって言ったらウソになるけど、でも——」

私はそこまで言って、押尾君の方へ向き直る。

そして夕焼け色に染まった彼の顔を正面から見据えて、はにかんだ。

「——押尾君、私、友達ができたんだ。とっても可愛くて、かっこいい子、私にはもったいないぐらいの」

「……そうなんだ」

押尾君は、まるでそれが自分のことのように、嬉しそうに笑う。

私は、彼のそんな顔がもっと見たくて、語り続ける。

「蓮君も、正直最初は怖い人だと思ってたけど、本当はすっごく友達思いで優しい人なんだって、分かったよ。考えてみたら当然だよね、だって押尾君の親友だもん。それに麻世さんと雫さんも、楽しい人。凛香ちゃんとこんなに遊んだのもいつ振りだろう……」

「楽しんでもらえたみたいで、俺もうれしいよ」

「本当の本当のホント——に楽しかった！　正直、私は今まで高校生活を楽しいって思ったことがなかったんだけど、今年の夏は、本当に楽しかった！　……ううん、これは違う」

「？」

押尾君が、不思議そうに首を傾げる。

そんな彼を見つめ返して、私は言う。

「——押尾君と一緒になってから、毎日が楽しいよ」

夕焼けが、ゆっくりと沈んでいく。

道沿いに並んだ街灯へ、ぽつぽつと光が灯り始めた。

「私、押尾君の隣で、もっといろんなものが見たい、いろんなものを食べたいし、いろんなことがしたい。そして――押尾君にもそれを楽しんでほしい」

押尾君は、黙ってこれを聞いている。

しばらくの間――それこそ夕陽が、とっぷりと水平線の向こうに沈むまでの時間――私たちは二人で見つめ合う。

そして私は――やっぱり締まらない。

これ以上は耐え切れないと、顔を伏せながらおずおずと……

「……その、か、彼女だから、ワガママ言ってみたんだけど、駄目かな……？　そっ……颯太、君……」

彼の名前を、呼んだ。

途端に、燃えるように顔が熱くなって、押尾君の顔をマトモに見られなくなってしまう。

私は私のペースで押尾君に近付こうと思って、なけなしの勇気を振り絞ってみたんだけれど、これは――これは！　思っていた一〇〇倍は恥ずかしい!!

「……」

押尾君も押尾君で、なにか反応をしてくれればいいのに、無言のままだ。

あまりにも反応がなさ過ぎて「もしかして……名前呼びは早すぎた!?」なんて考えまで浮

かびだす始末。

いよいよ恥ずかしさも通り越して不安になってしまい、私はおそるおそる顔を上げて、彼の様子を覗き見た。

押尾君は……

「……」

どういうわけか、こちらから不自然なほどに顔を逸らしていた。

「……押尾君？」

「……」

「お、押尾くーん……？」

「……」

答えてくれないし、依然押尾君の顔は向こうを向いたまま、目も合わせてくれない。

……え？　どういう反応……？

……もしかして押尾君……

……怒ってる⁉

「おっ、押尾君⁉」

私はすかさず、押尾君の視線の先へ回り込む。押尾君は素早く顔を逸らして、一向に目を合わせてくれない。

「なっ、なんでなんで!? 私、何かおかしなことを言った!?」

こうなってくると、もう意地でも目を合わせないといけない。

私はレオを撫でようとしたあの時のように、なんとしてでも押尾君を捕まえようとする。

押尾君は押尾君で、猫みたいにひらりひらりとこれを躱しながら、頑なに目を合わせてくれない。

「なんで、逃げるのっ……!?」

もうなりふり構ってはいられない。

私は逃げる押尾君を、三方を囲むフェンスの隅に追い詰め、すかさず両手首を掴み、半ば無理やりにこちらへ振り向かせた。

それと同時に、タイミングよく頭上の街灯に明かりが灯り、彼の顔を照らし上げる。

そして、私は見てしまった。

「……えっ?」

私が、今までに見たことのない押尾君の表情。

いつものスマートな押尾君からは想像もできないぐらい、余裕のない表情。

そしてその顔は、耳の先まで真っ赤に染まっていて……。ここまで材料が揃えば、さすがに察しの悪い私でも、気付いてしまう。

押尾君、名前呼びで、目も合わせられないぐらい照れて──

「あっ……」

今度は、私が顔を真っ赤に染める番だった。

というか冷静に考えたら、なんだろうこの状況。

押尾君の両手首を摑んで、押尾君をフェンスに追い詰め、息が届くぐらいの距離から、押尾君の顔を見つめている。

これではまるで、私が押尾君を――

と、思ったその時、背後からぴこんと音がして、私と押尾君はほとんど同時に音のした方へと振り返った。

私たちの視線の先には、ニヤニヤと口元を歪めながら、こちらに向けてスマホを構える雫さんの姿があって……

「え――、色々言いたいことはあるんだけど、さ、とりあえず……」

雫さんは、わざとらしく咳ばらい。

それから、にいいいっ、と悪魔みたく口の端を吊り上げると、私たちに向かって一言。

「――〝おしおそうた〟と〝おしたおそう〟って似てるよね」

「「雫さんっ!!」」

私と押尾君の声が、重なった。

「は？　別にウチ、店畳まないよ？」

　完全に日も沈んで、さあ後は帰りの電車に乗るだけ、という段になって、見送りに来た花波おばあちゃんが、俺に向かってさらりと言った。

　……は？

「お店、畳まないの⁉　なんで⁉」

「なんだい、ウチに潰れてほしいのかい」

　花波おばあちゃんが、じろりとこちらを睨みつけてくる。

　いやっ！　そりゃ潰れないに越したことはないけれど、でも……！

「俺が父さんから聞いてたのは〝かなみ〟を閉めるから、最後に来て欲しいって話だったんだけど⁉」

「あ――はいはい、それなら閉めるよ」

「えっ、閉めんの⁉　どっち⁉」

「今シーズンは、一旦ね。ウチ、改装するから」

「改装⁉」

　予想外の言葉が飛び出してきて、俺は両目を見開いてしまう。

そんな風に驚く俺の一方で、花波おばあちゃんはあっけらかんとして語り始める。

「いやぁ、前からウチで出してる、あのボウル入りの貝があるだろう?」

「あ、ああ、俺が食えなかったヤツ……」

「実はあれがSNSでバズってしまってねぇ」

「SNSで、バズって……?」

齢70過ぎの老婆が口にした、あまりにも想定外すぎる単語を、俺は思わず復唱してしまう。

「それ以来、客数が倍増、儲かって儲かって仕方がなくてね――ただほら、ウチの店構えだと若者は入りづらいだろ? 引き戸も建て付けが悪いし、相当ガタもきてたから……思い切ってオシャレなシティポップの流れるカフェにしちまおうかと思って」

「シティ、ポップ……?」

「ほら、これ見てみな、新メニュー案」

驚きの連続で語彙を失う俺のことなどお構いなしに、花波おばあちゃんがスマホを手渡してくる。

まず、花波おばあちゃんがスマホを持っているということに驚き、次いでそれが最新機種だったことに二度驚いて、そして画面に軽く目を通してみれば、三度目の驚きがあった。

何故なら、花波おばあちゃんが差し出してきたスマホの画面には、すこぶるSNS映えしそうな料理画像の数々が、ずらりと並んでいたからだ。

「まずは定番、ＳＮＳ映え抜群のボウル貝に、中身をくりぬいた柚子で牡蠣を蒸した牡蠣の柚子釜蒸し、勿論スイーツもあるよ、青く透き通る日本海クリームソーダ、これはフロートが日本海に沈む夕陽をイメージしていて、オレンジ色なんだ、あとは……ああ、これこれ」

そう言って、花波おばあちゃんが一枚の画像を、俺に見せつけてくる。

「特殊なお茶、バタフライピーで着色した色の変わるかき氷──名付けてマジックアワー！これは映えるよ！」

「商魂、たくましすぎる……」

俺はその場にへなへなと崩れ落ちてしまった。

そうだ、すっかり忘れてしまっていたけれど、花波おばあちゃんは、こ、こういう人だった……自ら店を畳むなんて、絶対に言うはずがない。多分、死ぬまで店を続けるんだろうな……というか、もしかしたら俺のこの勘違いすらも〝計算通り〟なのでは……？

そんな俺の心情を知ってか知らずか、花波おばあちゃんは皺だらけの笑顔を作って、

「──改装したら、またこはるちゃんとおいで。ボウル一杯に、貝を用意しておくから」

そのどこまでも眩しい笑顔を前にして、すっかり毒気が抜かれてしまい、俺は、ふぅと一つ溜息を吐き出す。

「……楽しみにしてるよ」

「あいよ、じゃあまたね、清左衛門にもよろしく」

それだけ言って、花波おばあちゃんは〝かなみ〟へと戻っていってしまった。

最後まで見送らないところも、ある意味、花波おばあちゃんらしい。

「押尾君！　電車きたよ！」

徐々に遠ざかっていく曲がった背中を見つめながら、しみじみ感じ入っていると、ホームの方から佐藤さんの呼ぶ声が聞こえた。

この電車に乗れなかったら次はまた1時間半後。それだけはごめんだ。

俺は慌てて踵を返し、無人駅を通り抜けて、ホームで待つ皆の下へと戻る。

「も――、遅いよソータ君！」怒ったように言うのは雫さん。

「忘れ物ない？」と心配してくれるのは麻世さん。

「また来たいですね」意外と名残惜しそうなのが凛香ちゃん。

そして――

「……」

なんだか難しそうな顔で小首を傾げるのが、佐藤さんだ。

「どうしたの、佐藤さん？」

「何かすご――く大事なことを忘れてるような気がして……でも……うーん？」

「忘れ物？」

「……ううん！　なんでもない！」

そう言って、佐藤さんはくるりと身を翻す。

夕焼けの茜色に染まったワンピースが風にはためき、そして彼女は向日葵のような笑顔で言うのだ。

「また、皆で来ようね」

「……そうだね」

この笑顔が見られただけで、皆で海に来た意味がある。

また、来年も皆で来よう。絶対に。

なんて思っていると……

「あれ？」

ふとあることに気が付いて、きょろきょろと辺りを見渡した。

そしてホームへ滑り込んできた、やけに短い電車のドアがぷしゅるるる、と音を立てて開くのと同時に、俺は言った。

「……蓮は？」

もう一つの恋の話

「──絶対！　絶対だよ!?　円花ちゃん！　絶対に遊びに来てね!?」

絶対、絶対と繰り返しながら、コハルがアタシの身体にまとわりついてくる。

もうこれで何度目になるだろうか……

「あ──っ！　もう暑苦しい！　さっきＭＩＮＥのＩＤも交換しただろ!?　近いうちに絶対行くって！　桜庭！」

「ホントだよね!?　こっちに来たら、一緒に〝cafe tutuji〟でパンケーキ食べて〝hidamari〟でお洋服選ぶんだよね!?」

「分かった！　分かったから！」

「コラ！　こはるちゃん！　いつまでやってんの！」

「もう電車の時間よ」

いつまでもまとわりついてくるコハルをなんとか振りほどこうとしていると、二人の女子大生（コハルの知り合いらしい）がやってきて、二人がかりでアタシの身体からコハルを引き剝がし、そのまま駅の方まで連行していってしまった。

二人に脇を抱えられ、引きずられながらも最後まで「絶対、絶対」と繰り返していたコハルが、無人駅の中へ消えていったのを見届けて、アタシは一つ溜息を吐き出す。

「つっかれた……」

今日は、本当に疲れた。

なにも変わり映えのしない日々がただ流れていくのが緑川の日常であるのに、今日一日でいろんなことが起こりすぎた。

すごく疲れた。三日分ぐらい疲れた。でも……

「……割りと、楽しかったな」

そんなことをぽつりと独り言ちると、それと同時に足元で何かのすり抜ける感覚があった。

――レオだ。

「ああ、オマエも疲れただろ、久しぶりに遊んで……」

いつもそうするように、アタシはその場に屈みこんでレオに語り掛ける。そしていつも通り、その小さな額を撫でてやろうとしたところ……

「……うん？　レオ、それ……」

レオが何か鈍く光るものを咥えていることに気が付いた。

また何か変な物でも拾ってきたのかと目を凝らして見てみれば、それは小さな南京錠であり……

「あっ!? それアタシがコハルにあげたやつじゃねえか!?」

レオはこれに答えるように、こはるの南京錠を咥えたまま「なあ」と鳴いた。

そして身体を翻し、こちらにくねる尻尾を見せつけながらどこかへ歩き出す。

「ああ、くそ、レオのヤツあの時海でくすねたんだな……! タダじゃないんだぞソレ!」

アタシはぶつくさ文句を言いながら、その場から立ち上がってレオを追いかける。

レオは一向に止まる気配がない。

私から逃げるように進んでいきながら、時折こちらに振り返って、誘うように「にゃあ」と鳴く。

悪戯好きのレオのことだ。そうしてアタシをからかっているのだろう。

そして、とうとうレオは展望台に続く階段を上り始めた。

「おいおい、勘弁してくれよ、アタシもう疲れてるのに……」

とかなんとか言いつつ、レオのよく分からない遊びに付き合ってやってるんだから、アタシもだいぶ甘いな……

そんなことを考えながら、レオの後を追いかけて階段を上り切って、そして――

「えっ……?」

その光景を前にした瞬間、アタシは世界の時間が止まってしまったかのように錯覚した。

展望台、街灯が照らす下。

そこに一人の男がしゃがみこんで、フェンスに並ぶ南京錠の群れを見つめている。

その後ろ姿は——後ろ姿だけでも見間違えるはずもない、レンだ。

「……っ」

私は階段の最後の一段に足をかけたまま、固まってしまう。

展望台の上へ逃げていったはずのレオが、いつの間にか消えていた。

——ハメられた。猫にハメられた。

コハルといいレオといい、どうして皆こうもいらないお節介を焼くんだ!!

「……」

レンはまだ、こちらに気付いていない。

つまりアタシが黙って引き返せば、何も起こらないということだ。

いつも通りの変わり映えしない、大嫌いなド田舎村の平穏な日常が、喜んでアタシを出迎えてくれるだろう。

というか、重ねて言うけどアタシはレンのことなんてどうとも思ってない。

そりゃあ昔ちょっと気になってた時期はあったし、今のレンはすごくかっ……かっこよくなったと思う。でも、それも全部終わった話だ。

アタシはゆっくりと足を引き、階段を降り始めた。

……そう、それでいい。

結局、アタシみたいな人間にはクソ田舎の、クソつまらない日常が合っているわけで——

——終わってないじゃん！——

……合っている、はずで……

——円花ちゃんが自分で言ったんだよ！　立ち止まってたら、後悔する方に変わっちゃうって！——

合っている、はずだったのに……

「レン」

名前を呼びかけると、レンの肩がぴくりと跳ねた。

……きっと、アタシはコハルのせいでおかしくなってしまったんだろう。

じゃなきゃ、この場面で階段を上ってしまうはずがないから——

「こんなところで、何してんだよ、もう電車間に合わねえぞ」

「……」

レンは返事をしない。

代わりにわしわしと頭を掻いてから、こちらへ振り返ると……

「……こんなこっぱずかしいもの、いつまでもぶら下げておくのもと思って、戻ってきたんだけどよ」

そう言って、レンはこちらに何かを投げ渡してくる。

私はそれをキャッチして……

「……これは」

目を見張った。

何故ならレンが投げ渡してきたそれは、とても古い――しかし、それでいて綺麗な、一本の鍵だったのだから。

そこで私は初めて気が付く。

レンのしゃがみ込んでいた位置、そこはずっと昔、私が転校するよりも前、レンと一緒に下げた南京錠がかかっている場所で――

「錆びまくってて、鍵、ささんねーわ」

そう言うレンの悪戯っぽい笑顔は、記憶のまま何も変わっていない。

それがなんだかたまらなくおかしくて、アタシはくすりと笑ってしまった。

「潮風があるからな」

「海沿いってサイアクだな」

そう言うとレンはフェンスに寄りかかり、暗い海を照らす灯台の明かりを眺めた。

「そうだな」

アタシも彼に倣(なら)い、隣のフェンスに寄りかかって暗い海を見つめた。

「次の電車が来るまであと1時間半はあるぞ」

「マジかよ、イナカってサイアクだな」

「どうする?」

「そうだな……じゃあ」

レンは、そこで私の方へ向き直って、例の悪戯(いたずら)っぽい笑みで言った。

「しょうがねえから、次の電車まで昔話に付き合えよ」

「……仕方ないな」

満天の星空の下、視界の隅を、コハルたちを乗せたやけに短い電車がゆっくりと横切っていった。

了

あとがき

はじめましての方ははじめまして、猿渡かざみです。まぁ二巻のあとがきで初対面ってこともなかなかないだろうな、なんて思いはありつつも、さるわたりではございません、さわたりです。

いきなりですが、今日はこの場を借りて皆様に謝らなければならないことがあります。

それというのも『しおあま』一巻のあとがきにてぼくが「青春ともラブコメとも無縁の、映えない学校生活を送ってきました」と記した件についてなのですが、申し訳ございません、これは誤りでした。

あれから四か月、必死で頭を捻った甲斐もあり、ひとつ思い出したのです。ぼくは高校時代に一度、女の子から告白されたことがありました。

読者の皆様は、「どうせモテないくせにどうしてこんな重大イベントを忘れていたんだタコスケ」とお思いのことでしょうが、これには一応理由がありますゆえ、今はご静聴お願いします。ぼくにも自分語りさせてください。

では話を戻して、ぼくは高校時代に女の子から告白されたことがあります。

とはいえ、その女の子がある日突然どこからともなく自然発生して、青天の霹靂的に告白してきたわけではありません。ぼくはその女の子とは中学の頃から親交があり、そしてなんとなく彼女から向けられる好意のようなものは感じておりました。

(豆知識：阿呆でも人から向けられる好意は分かる。)

で、ある夜のこと、いつものごとく彼女と電話で他愛のないおしゃべりをしていたところ、明らかに〝そういう雰囲気〟になり、そしてとうとう告白をされました。

この後、どんな話をして、どんな風に会話を切り上げたのかは正直全く覚えておりません。

それもそのはず、彼女に告白されてからというもの頭の中は真っ白、体温は著しく上昇し、動悸はおかしく、節々には痛み、居ても立ってもいられず病院に向かってみたところインフルエンザA型と診断されました。なんやねん。どういうタイミング？

そんなわけで電話越しに告白されてからの一週間、自室のベッドでインフルエンザウイルスとの死闘を繰り広げたぼくでありますが、病床でうなされながらもやはり気分は浮き足立っておりました。

だって一週間の出席停止期間が終われば彼女がいる高校生活が始まるわけで、二人で下校したり、ジャ○コでデートしたりできるわけじゃないですか。

(豆知識：田舎ではジャ○コがデートスポットです。)

というわけで一週間、満を持してインフルエンザウイルスの駆逐に成功したぼくが、晴れやかな気持ちで登校してみたところ――開口一番フラれました。なんやねん。

ぴったり一週間での破局です。

この間、ぼくは一緒に下校どころか家のベッドでうんうん言いながらスポーツドリンクを飲んでいただけです。もちろん指の一本も彼女には触れておりません。

ちなみに彼女曰く、

「前から気になってたけど、いざ告白してみたらなんか違うな、と思って」

だそうです。なんか違ったなら仕方がありません。

もうお分かりのことと思いますが、ぼくがこのエピソードを忘れていた理由は、あまりにも心の柔らかい部分に近すぎるため意図的に封印していた、というのと、インフルエンザウイルスによる高熱で記憶があいまいだったためです。ご理解ください。

恋愛というのは本当に難しいものであります。

少なくともぼくにとっては、今も昔も難解なものであることは間違いありません。

なんせ生まれも育ちも趣味趣向も、なにもかも違う二人の人間が精神面で交わろうというのですから。

きっと、ぼくが高熱にうなされながらジャ○コデートの段取りを考えている間にも、彼女の中には様々な葛藤があったのでしょう。

「雰囲気に流されて告白してみたけど、よく考えたらそれほど好きでもないな」とか。

「いざ付き合えることになったら急に冷めたな」とか。

「インフルエンザごときに負ける軟弱な彼氏は嫌だな」とか。

なんにせよ、そこにはぼくに想像もつかない複雑な思考の流れがあったことは確実で、これを推測しようとすることはいっそ傲慢な行為なのではないでしょうか。

陳腐な言葉ですが、どだい人が人を理解するなんて無茶な話なのです。

どれだけ見つめたところで相手の胸の内が透けて見えるはずもなく、ネットに氾濫する『気になる異性の7つのサイン』的なものを参考にしようと、結局のところ相手が本当に自分を好きかどうかなんて分かりません。

そんな中で本作――『塩対応の佐藤さんが俺にだけ甘い』では、これをあえて俯瞰することで一種のコメディチックな恋愛模様を読者の皆様へお届けしています。

本作においてぼくたちはリアルタイムで登場人物たちの内心を覗き見ることができるので、彼ら彼女らの惚れた腫れたに振り回された挙句の奇行が、ある種面白おかしく映るでしょうが、案外、リアルの恋愛もフタを開けてみればこんな感じなのかもしれません。

勘違いにすれ違い、いろんな〝違い〟がお互いの間で奇跡的に、あるいは喜劇的に嚙み合った上で、恋愛というものが成り立っているのだとすれば、なんだかちょっとだけ頑張れそうな気がしてこないでしょうか？

……しませんかね？　ナマ言ってすみませんでした……

ともかく、そういう意味で本巻は、前巻において初恋に振り回されるだけだった佐藤さんが、自ら〝違い〟に挑み始める物語、と言えるでしょう。

あまり内容に言及するのも野暮ですので、つまり何が言いたいねん、と言われれば、そうですね。インフルとかコロナには気をつけましょう。

（豆知識：手洗いうがいはとても大事です。）

では、イイ感じにまとまったところで最後に謝辞を。

前巻に引き続き、イラストを担当してくださったAちき先生。好きです（二度目）。今回もたいへん素敵なイラストありがとうございました。Aちき先生の描く佐藤さんをいちばんに見られるこのポジションに立てたこと、誇りに思っております。

加えてぼくと編集の男子校的な悪ふざけを聖母のごとく温かい目で見守ってくれる人格者ぶりには涙が止まりません。ウゥ……

担当編集の大米さん、入社早々、ぼくと前担当の悪ふざけを引き継いでいただき、たいへん感謝しています。これからもガンガン振り回すつもりなので、よろしくお願いします。新入社員だからテキトー吹き込みまくったろう、なんてこれっぽっちも考えておりませんので、どうかご安心ください。

前担当編集の田端さん……は、ほぼ毎日ＬＩＮＥで馬鹿話してるので特に言うことはありませんね。電撃でもオタ活頑張ってください。

そして平素『しおあま』を応援して下さる皆様へ溢れんばかりの感謝を！

作家人生初の重版、好きラノ七位、ラノオンアワード四冠、再重版、そして今再びぼくがあとがきを書けていること……すべて応援してくれる皆様のおかげであります！

皆様の応援に応えるためにもめいっぱい『しおあま』を盛り上げていくつもりですので、これからも佐藤さんと押尾君の恋路を温かい目で見守っていただければ幸いです！

では、おあとがよろしいようで、また三巻でお会いしましょう！　皆様外出時の手洗いうがいを忘れずに！

マンガでも
“甘々”な2人を
お楽しみに!!
押尾颯太
Oshio Souta
@comic
俺にだけ甘い
作画：
鉄山かや

[ShioAma] News!!

『しおあま』コミカライズ、マンガワン&裏サンデーにて

大好評連載中!!!

佐藤こはる

Sato Koharu

塩対応の佐藤さんが

GAGAGA

ガガガ文庫

塩対応の佐藤さんが俺にだけ甘い2

猿渡かざみ

発行　2020年4月22日　初版第1刷発行
　　　2021年3月20日　　　第5刷発行

発行人　鳥光 裕

編集人　星野博規

編集　大米 稔

発行所　株式会社小学館
〒101-8001 東京都千代田区一ツ橋2-3-1
［編集］03-3230-9343　［販売］03-5281-3556

カバー印刷　株式会社美松堂

印刷・製本　図書印刷株式会社

Printed in Japan　ISBN978-4-09-451838-2